한없이 투명에 가까운 블루

限りなく透明に近いブルー

무라카미 류 셀렉션

한없이 투명에 가까운 블루

초판 1쇄 발행	2014년 8월 22일
초판 10쇄	2024년 4월 1일
지은이	무라카미 류
옮긴이	양억관
해설	장정일
펴낸곳	이상북스
펴낸이	김영미
출판등록	제313-2009-7호(2009년 1월 13일)
주소	경기도 고양시 덕양구 향기로 30, 106-1004
전화번호	02-6082-2562
팩스	02-3144-2562
이메일	klaff@hanmail.net

ISBN 978-89-980260-28-6 (03830)

MURAKAMI RYU

[무라카미 류 셀렉션]

류

한없이
투명에 가까운
블루

限りなく透明に近いブルー

· · · · ·

무라카미 류 지음

양억관 옮김
장정일 해설

이상
북스

KAGIRINAKU TOMEI NI CHIKAI BURU
by MURAKAMI Ryu

Copyright © 1976 MURAKAMI Ryu
All rights reserved.
Originally published in Japan.
Korean translation copyright © 2014 by E-sang Books, Seoul.
Korean translation rights arranged with MURAKAMI Ryu, Japan
through THE SAKAI AGENCY and YU RI JANG LITERARY AGENCY.

차
⋯⋯⋯
례

限りなく透明に近いブルー

*본문 중 괄호 안의 내용은 모두 옮긴이주다.

비행기 소리가 아니었다. 귓바퀴 뒤에서 날아가는 벌레의 날
갯짓소리였다. 파리보다 작은 벌레는 언뜻언뜻 눈앞을 선회하며
나타났다가는 어두운 방구석으로 사라졌다.

　하얗고 둥근 테이블에 놓인 유리 재떨이에 천장의 전구 불빛
이 반사된다. 그 위에서 립스틱 묻은 가늘고 긴 담배꽁초가 타오
른다. 테이블 끝 서양배처럼 생긴 둥그스름한 와인 병 라벨에는
볼 가득 포도를 넣고 손에 포도송이를 든 금발 여자가 그려졌다.
포도주가 든 글라스 표면에도 천장의 밝은 전등이 흔들리며 비
친다. 테이블 다리 끝은 털이 긴 카펫 속에 박혀 보이지 않는다.
정면에 큰 거울이 있다. 그 앞에 앉은 여자 등이 땀으로 젖었다.
여자는 다리를 뻗고 검은 스타킹을 둘둘 말아 벗겨냈다.

"저기, 타월 좀 집어줘. 핑크, 있지?"

리리는 그렇게 말하고 둥글게 만 스타킹을 이쪽으로 던졌다. 방금 일을 끝내고 돌아와서 화장수를 손가락에 묻혀 기름기로 번득이는 이마에 가볍게 두드린다.

"그래서 그 다음은 어떻게 됐는데?"

타월을 받아들자마자 등을 닦고는 나를 보고 물었다.

"응, 술이라도 한잔 먹여서 달래 보려 했지. 그 자식 말고 바깥 세드릭 (cedric, 1960년대부터 생산된 닛산의 고급 세단)에 둘 있었는데 모두 본드에 취해 헤롱헤롱이었어. 그래서 술이라도 먹이려고. 그 자식 소년원에 갔다는 거 정말이야?"

"조센징이야, 그 자식."

리리는 화장을 지운다. 냄새가 코를 찌르는 액체를 납작하고 작은 탈지면에 적셔 얼굴을 닦는다. 등을 둥글게 말고 거울을 들여다보며 열대어 지느러미 같은 속눈썹을 벗겨낸다. 버려진 탈지면에서 빨갛고 검은 얼룩이 보인다.

"겐, 형을 찔렀대. 아마도 형이었을 거야. 죽지는 않았어. 지난번에 가게에 왔었거든."

와인 글라스에 전구가 비쳐 보인다.

매끈한 전구 속에 짙은 오렌지색 필라멘트가 있다.

"리리한테 내 말을 듣고 왔다고 하던데, 내 말 하지 마, 이상한 놈한테 이런저런 말 않는 게 좋아."

립스틱, 헤어브러시, 온갖 종류의 병이나 상자와 함께 거울 앞에 놓인 글라스를 들어 와인을 마시고, 리리는 내가 보는 앞에서 금박으로 번득이는 판탈롱 바지를 벗었다. 배에 고무줄 자국이 보인다. 옛날에 리리는 모델을 했다고 한다.

모피 코트를 입은 사진이 든 액자가 벽에 걸렸다. 몇백 만 엔이나 하는 친칠라라고 했다. 어느 추운 날, 필로폰을 너무 많이 맞아 시체처럼 푸르뎅뎅한 얼굴로 내 방에 온 적이 있다. 입가에 뾰루지를 달고 달달 떨고 서서 문을 열어주자 쓰러지듯 하며 안으로 들어왔다.

저기, 매니큐어 좀 지워줘, 진득한 게 너무 기분 나빠, 내가 몸을 받쳐주자 그런 말을 했던 것 같다. 등이 활짝 열린 드레스 차림에 진주 목걸이가 젖어 번득일 만큼 온몸에 땀이 흥건했다. 아세톤이 없어 시너로 손톱 발톱을 닦아주자, 미안, 오늘 가게에서 안 좋은 일이 있었어, 하고 작은 목소리로 말했다. 발목을 잡고 발톱을 닦는 동안 리리는 어깨로 숨을 몰아쉬며 멍하니 창밖 풍

11

경을 바라보았다. 나는 드레스 안쪽으로 손을 집어넣고 키스를 하면서 허벅지 안쪽의 차가운 땀을 더듬으며 팬티를 벗기려 했다. 팬티를 발목에 걸고 의자 위에서 크게 다리를 벌린 채 리리는 텔레비전을 보고 싶다 했다. 말론 브란도가 나오는 옛날 영화 할 거야, 엘리아 카잔이 만든 거. 꽃냄새 풍기며 손바닥에 달라붙은 땀이 오래 오래 마르지 않았다.

"류, 잭슨 가게에서 모르핀 맞았지? 지난번에."

리리는 냉장고에서 복숭아를 꺼내 껍질을 벗기면서 말했다. 양반 자세로 소파에 앉아서. 나는 복숭아를 안 먹겠다고 고개를 저었다.

"그때 빨강 머리, 짧은 스커트 입은 여자애 기억해? 엉덩이가 착 올라붙은 잘 빠진 애, 없었어?"

"글쎄, 그때 일본 여자애가 셋이었는데, 아프로 헤어(Afro Hair, 흑인 특유의 곱슬곱슬하고 둥근 실루엣의 머리 모양) 한 애?"

여기서 부엌이 보인다. 개수대에 잔뜩 쌓인 더러운 접시 위의 검은 벌레, 아마도 바퀴벌레가 기어간다. 리리는 벌거벗은 허벅지에 떨어진 복숭아 즙을 닦으면서 말한다. 슬리퍼가 걸린 발에서 빨갛고 파란 정맥이 도드라져 치달린다. 그 피부 위에 드러난 혈관이 내 눈에는 늘 예뻐 보였다.

"역시 거짓말했어, 그 여자, 가게 땡땡이 친 거야, 아픈 년이 대낮부터 류랑 놀고 다니다니 참 기가 차서. 그 애도 모르핀 맞았어?"

"잭슨이 그런 짓 할 리 없잖아? 여자애는 절대로 그런 거 해서는 안 된다고 하잖아, 아까우니까. 그 여자, 리리 가게 애야? 잘 웃더라, 마리화나 잔뜩 피우고는 자꾸 웃더라."

"잘라버릴까보다, 어떻게 생각해?"

"그렇지만 그 애 인기 있잖아?"

"하긴, 엉덩이가 그러니 인기 있을 수밖에."

케첩이 듬뿍 묻은 접시에 대가리를 처박은 바퀴벌레의 등이 기름기로 번득인다.

바퀴벌레를 밟아 터뜨리면 온갖 색깔의 액체가 터져 나오는데 지금 저놈의 배 속은 빨갈 것 같다.

옛날에 팔레트 위를 기어가는 놈을 죽였더니 아주 선명한 보라색 액체가 터져 나왔다. 그때 팔레트에는 보라색 물감이 없었으니까 그 작은 배 속에서 빨강하고 파랑이 섞였을 것이다.

"그래서 겐은 어떡했는데? 얌전하게 돌아갔어?"

"응, 일단 방으로 들여서 여자 같은 건 없다고 확실히 말해 둔 다음에 술 마실 거냐고 했더니 콜라 달라고 하대, 약 때문에 정신이 없어 미안하다며."

"바보 같아."

"차 가진 놈이 지나가는 여자를 낚았는데, 그 여자 꽤 나이가 많았어."

남은 화장이 리리의 이마에서 가늘게 빛난다. 복숭아씨를 재떨이에 버리고 물들인 머리카락에서 핀을 벗겨내더니 브러시로 빗기 시작한다. 천천히 머리카락의 파도를 따라, 비딱하게 담배를 문 채.

"겐의 누나, 우리 가게에서 일했더랬어, 한참 전 일이지만, 참 머리가 좋은 사람이었어."

"그만뒀어?"

"고향으로 돌아갔대, 북쪽 어디라고 하던데."

부드럽고 붉은 머리카락이 브러시에 달라붙는다. 풍성한 머리카락을 깨끗이 빗은 다음 리리는 문득 생각이 났다는 듯 일어서더니 선반에서 은색 상자에 든 가느다란 주사기를 꺼냈다. 자그만 갈색 병을 불빛에 비추어 액체의 양을 확인하고 정량을 주사기로 빨아들인 다음 몸을 수그려 허벅지에 꽂았다. 몸을 떠받치는 다리가 가늘게 떨린다. 바늘을 너무 깊이 찔러 넣은 듯, 빼내자 무릎 언저리까지 실처럼 피가 늘어졌다. 리리는 관자놀이를 주무르면서 입술 끝으로 흘러내리는 침을 손으로 닦는다.

"리리, 바늘은 할 때마다 제대로 소독을 해야 해."

리리는 대답하지 않고 방구석에 있는 침대에 누워 담배에 불을 붙인다. 목덜미에서 혈관이 툭 불거지고, 연기가 가늘게 뿜어져 나온다.

"류도 할래? 아직 남았어."

"오늘은 됐어, 누굴 기다리는 중이야, 친구가 오기로 했거든."

리리는 사이드 테이블로 손을 뻗어 문고본《파르므의 수도원》을 읽기 시작했다. 펼쳐진 페이지를 향해 연기를 뿜어내면서 멍하니 풀어진 눈으로 글자를 따라간다.

"그러고 읽을 수 있다니, 참 특이해, 리리는."

선반에서 떨어져 바닥에 구르는 주사기를 주워들며 내가 말하자, 이거 얼마나 재미있는데, 하고 혀 꼬인 목소리로 말했다. 주사기 끝에 피가 달라붙었다. 씻어두려고 부엌으로 들어갔더니 개수대 접시 위에서 아직도 바퀴벌레가 움직인다. 나는 신문지를 말아 접시가 깨지지 않게 조심하며 조리대로 옮겨간 바퀴벌레를 때려죽였다.

"뭘 해?"

허벅지에 말라붙은 피를 손톱으로 뜯어내며 리리가 물었다.

"자기, 이리로 와."

착 감기는 목소리다.

바퀴벌레 배에서 노란 액체가 터져 나왔다. 조리대 끝자리에 눌러 붙은 채 촉수를 까딱까딱 움직인다.

리리는 발목에 걸린 팬티를 벗어던지고 다시 나를 불렀다. 카펫 위에《파르므의 수도원》이 떨어졌다.

내 방은 시큼한 냄새로 가득하다. 테이블 위에 언제 잘랐는지 기억도 안 나는 파인애플이 있다.

자른 곳이 시커멓게 완전히 썩었고, 접시에는 진득한 즙이 고였다.

헤로인 맞을 준비를 하는 오키나와의 콧등에 땀이 맺혔다. 그것을 보고 리리가 말한 대로 정말로 무더운 밤이라고 생각했다. 축축한 침대 위에서 무겁게 늘어진 몸을 뒤척이며, 안 더워? 오늘 정말 덥네, 리리는 반복해서 그런 말을 했다.

"저기, 류. 이 헤로인 얼마야?"

가죽 가방에서 도어스^{The Doors}의 레코드를 꺼내며 레이코가 묻는다. 10달러라고 대답하자, 와아, 오키나와보다 싸네, 하고 오키나와가 큰소리로 말했다. 오키나와는 주사바늘 끝을 라이터 불로 지진다. 알코올에 젖은 탈지면으로 소독한 다음 입으로 바람을 불어 구멍이 막히지 않았는지 확인한다.

"벽과 화장실이 너무 깨끗해져서 깜짝 놀랐어, 요츠야 경찰서 말이야, 최근에 내부를 싹 뜯어고친 모양이야, 근데 거기 젊은 간수 자식 얼마나 말이 많든지, 여기가 경찰 기숙사보다 더 좋다는 둥 말도 안 되는 농짓거리나 해쌌고, 간살을 부리며 마구 웃어젖히는 노친네도 있었고 말이야, 정말 기분 나빴어, 나."

오키나와의 눈은 누렇고 뿌옇다. 방에 들어오기 전부터 이미 많이 취한 상태였는데도, 괴상한 냄새가 나는 우윳병에 든 술을 또 들이켰다.

"어이, 저쪽 보건소에 갔다면서, 정말?"

헤로인을 싼 호일을 열면서 나는 오키나와에게 물었다.

"응, 우리 대장이 집어넣었어, 미국 놈 보건소, 내가 미군 헌병한테 잡혔거든, 일단 미군 시설에서 고친 다음 이쪽으로 넘겨주는 거지, 류, 역시 미국이란 나라 선진국이야, 나, 진짜로 그렇게 생각한다니까."

도어스의 레코드 재킷을 바라보던 레이코가 곁에서 거들고 나섰다.

"저기, 류, 매일 모르핀 놔준다니까 좋은 거 같지 않아? 나도 미국 놈 보건소에 들어가고 싶어."

호일 한쪽에 몰린 헤로인을 솜방망이로 긁어 한가운데로 모으면서 오키나가와가 말한다.

"웃기는 소리! 레이코 같이 어중간한 년은 못 들어 가, 진짜 중독자만 들어간다고 했잖아. 나처럼 말이야, 두 팔에 주사자국으로 군살이 앉은 진짜 중독자만 들어갈 수 있다니까, 요시코라고 아주 섹시한 간호사가 있는데 말이야, 나, 매일 그 사람한테 엉덩이 주사를 맞았거든. 엉덩이를 드러내고 말이야, 엉덩이를 쭉 뒤로 빼고 창 너머로 배구 같은 거 하는 걸 바라보는 사이에 쿡 찌르는 거지, 몸이 엉망이다 보니 자지도 쪽 쪼그라들잖아? 요시코 씨한테 보여주는 게 너무 창피해, 레이코처럼 엉덩이가 엄청 크면 아마 되지도 않을 거야."

레이코는 엄청 큰 엉덩이라는 말에 뭐얏! 하고 소리치고는 마실 것 없느냐며 부엌으로 가서 냉장고 문을 열었다.

"저기, 아무것도 없는 거야?"

오키나와가 테이블 위에 놓인 파인애플을 손가락으로 가리키며 말한다. 이거 조금 먹어 봐, 고향 맛이잖아?

"오키나와, 넌 정말 썩은 걸 좋아하는 것 같아, 뭐야 그 옷, 냄새 너무 심해."

칼피스를 물에 희석해 마시면서 레이코가 말한다. 얼음을 볼에 놓고 굴리면서.

"나도 이제 곧 중독될 거야, 오키나와 정도로 중독되지 않고 결혼하면 피곤할 테니까, 그리고 둘이 같이 중독되어 살면서 조금씩 줄여가고 싶어."

"둘이서 보건소로 신혼여행 가는 거 어때?"

웃으며 내가 묻는다.

"응, 좋지? 오키나와, 그렇게 할 거지?"

"그거 좋지, 그렇게 해, 둘이서 사이좋게 엉덩이 드러내고 모르핀을 맞는 거야, 사랑해, 속삭이면서."

웃기지 마, 멍청이, 오키나와는 웃으며 그렇게 말하더니 끓는

19

물에 넣어두었던 스푼을 티슈로 닦고 말린다. 손잡이가 활처럼 크게 굽은 스테인리스 스푼 안에 성냥개비 대가리만 한 헤로인을 솜방망이로 밀어 넣는다. 레이코, 지금 재채기하면 죽여버릴 거야. 스포이드로 빨아들인 군용 1cc 주사기에 바늘을 꽂는다. 레이코가 초에 불을 붙인다. 스푼 속의 헤로인에 조심스럽게 물방울을 떨어뜨린다.

"류, 너 또 파티 열 거야?"

가늘게 떨리는 손가락을 바지에 문질러 안정시키면서 오키나와가 물었다.

"아, 흑인한테 부탁받았어."

"레이코, 갈 거지? 파티에."

남은 헤로인을 다시 호일에 싸는 레이코에게 오키나와가 묻는다. 레이코는 내 쪽을 바라보면서, 응, 그렇지만 좀 걱정이야, 하고 대답했다.

"약 먹고 헬렐레해서 흑인 놈하고 하면 가만 안 둘 거야."

스푼을 촛불에 달군다. 금방 끓어오른다. 스푼 안쪽에서 거품과 수증기가 피어나고 바닥은 검게 그을린다. 오키나와는 천천히 불에서 스푼을 떼어내 아기에게 이유식을 먹일 때처럼 입김을 불어 식힌다.

"유치장에서 말이야."

탈지면을 찢으면서 내게 말한다.

"유치장에서 말이야, 오래 못했잖아? 무서운 꿈을 꿨어, 이젠 기억도 많이 흐려졌지만 큰 형이 나온 거야, 난 넷째라서 그 형 얼굴 몰라. 형은 오로쿠에서 전사했으니까 만난 적도 없고, 형 사진이 없어서 불단에 아버지가 그린 말도 안 되는 그림이 있을 뿐이지만 말이야, 그 형이 꿈에 나온 거야, 참 이상하지? 이상해."

"그래서, 형이 뭐라고 했는데?"

"아냐, 그건 벌써 잊어버렸어."

잘게 찢은 엄지손가락 끝만한 탈지면을 식은 액체에 담근다. 오키나와는 젖어서 무거워진 탈지면 속에 주사바늘을 담갔다. 마치 아기가 젖을 빠는 듯한 작은 소리를 내며 투명한 액체가 가느다란 유리관 안에 조금씩 쌓인다. 다 빨아들이자 혀로 입술을 핥으며 오키나와는 스포이드를 밀어 올려 주사기 안의 공기를 뺀다.

"저기, 내가 놔줄게, 류한테 놔줄게, 오키나와는 많이 놔줬으니까."

팔을 걷어 올리며 레이코가 말했다.

"안 돼, 언젠가 너 실패해서 백 달러 그냥 날려버렸잖아, 무슨 소풍용 주먹밥 만들듯이 들떠서 아무렇게나 주무르면 안 되는 거야, 참 어이가 없어, 어이, 이걸로 류 팔 묶어."

레이코는 입을 비죽 내밀고 오키나와를 노려보더니 고무줄로 내 왼팔을 묶었다. 왼쪽 주먹을 쥐자 굵은 혈관이 떠올랐다. 알코올을 적신 탈지면으로 두세 번 문지른 다음 오키나와는 주사바늘을 튀어 오른 혈관에 담갔다. 꽉 거머쥔 주먹을 펴자 실린더 안으로 검붉은 피가 역류해 들어간다. 그럼그럼그럼, 하면서 오키나와는 스포이드를 살며시 밀어 피와 섞인 헤로인을 단숨에 내 속으로 넣었다.

한 건 올렸네, 어때? 오키나와는 웃으며 바늘을 빼낸다. 피부가 떨리고 바늘을 빼내자마자 벌써 헤로인은 손가락 끝까지 치달렸고 둔탁한 충격이 심장으로 전해졌다. 눈앞에 하얀 안개 같은 것이 껴 오키나와의 얼굴도 잘 안 보인다. 나는 가슴을 손으로 누르며 일어섰다. 숨을 들이쉬고 싶어도 호흡 리듬이 변해 제대로 되지 않는다. 한 대 맞은 듯 머리가 띵하고 입안이 불을 머금은 듯 바짝 말라버린다. 레이코가 내 오른쪽 어깨를 끌어안는다.

바싹 마른 잇몸에서 조금 배어나온 침을 삼키자 발끝에서 구역질이 위로 치고 올라와 신음하면서 그냥 침대에 쓰러졌다.

레이코가 걱정스러운 듯 어깨를 흔든다.

"저기, 조금 많은 거 아냐? 류, 별로 해 보지 않았어, 봐, 얼굴이 파랗게 질렸잖아, 괜찮을까?"

"그렇게 많이 놓지 않았어, 죽진 않을 거야, 절대로 안 죽어, 레이코, 세숫대야 가져와, 이 자식 토할 거야."

베개에 얼굴을 묻는다. 목 안쪽은 바싹 말랐는데도 입안에서는 끊임없이 침이 넘쳐나고, 그것을 혀로 감을 때마다 아랫배에서 맹렬한 구역질이 솟구쳐 오른다.

힘껏 숨을 들이쉬어도 공기는 조금밖에 들어오지 않는다. 그것도 입이나 코가 아니라 가슴에 조그만 구멍이 뚫려 그곳으로 스며드는 듯한 느낌이다. 허리는 움직일 수 없을 만큼 마비되었다. 꽉 조이는 듯한 통증이 때로 심장을 찌른다. 관자놀이에서 혈관이 무슨 생각이라도 떠올랐다는 듯 팔딱팔딱 떨어댄다. 눈을 감자 미지근한 소용돌이 속으로 맹렬한 속도를 내며 빨려드는 듯한 공포가 밀려든다. 뭔가가 끈적끈적한 손길로 몸 속을 애무하는 듯하고, 햄버그에 올라 탄 치즈처럼 몸이 녹아내리는 것 같

23

다. 시험관 속의 물과 기름 덩어리처럼 몸 속에서 차가운 부분과 뜨거운 부분이 나뉘어져 제멋대로 돌아간다. 머리, 목, 심장, 성기 속에서 열기가 이동한다.

레이코를 부르려 했지만 목이 뻣뻣하게 굳어 소리가 나지 않는다. 아까부터 담배를 피우고 싶었다. 그래서 레이코를 부르고 싶은데 입을 벌려도 성대가 떨려 히이— 쉬어터진 소리만 날 뿐이다. 두 사람이 있는 쪽에서 시계 바늘 소리가 들린다. 그 규칙적인 소리가 묘하게 상냥스럽다. 눈은 거의 안 보인다. 난반사를 일으키는 수면처럼 시야의 오른쪽에 아프게 느껴지는 눈부신 흔들림이 있다.

아마도 이건 촛불일 것이라 생각하는데 레이코가 얼굴을 들여다보고 손목을 잡고 맥박을 체크하더니, 안 죽었어, 하고 오키나와에게 말했다.

나는 있는 힘을 다해 입술을 움직인다. 철판처럼 무거운 팔을 들어올려 레이코의 어깨를 건드리고, 담배 줘, 하고 낮게 속삭인다. 레이코는 불 붙인 담배를 침에 젖은 입술에 물려주고, 오키나와 쪽을 바라보며 말한다. 여기 좀 봐, 류의 눈, 어린애처럼 겁에 질렸어, 떨어, 불쌍해, 어라, 눈물까지 흘리네.

한없이 투명에 가까운 블루

연기가 산 생물처럼 폐의 벽을 할퀸다. 오키나와는 내 턱을 잡고 얼굴을 밀어올리고는 동공을 들여다보더니, 자칫 위험할 뻔했네, 너무 많이 났어, 류의 체중이 10킬로그램만 덜 나갔어도 끝장났을 거야, 하고 레이코에게 말한다. 여름, 백사장에 누워 나일론 비치파라솔 너머로 보는 태양처럼 오키나와의 얼굴 윤곽이 흐릿하고 비뚤어졌다. 내가 식물이 되어버린 느낌이다. 그것도 회색에 가까운 이파리를 그늘 속에서 동그랗게 만 채 꽃도 달지 않고 부드러운 털에 감싸인 포자만을 바람에 날려 보내는 이끼처럼 얌전한 식물.

불이 꺼졌다. 오키나와와 레이코가 옷을 벗는 소리가 들린다. 레코드 음량이 올라갔다. 도어스의 〈소프트 퍼레이드^{The soft parade}〉, 멜로디 사이로 뭔가가 카펫에 쓸리는 소리와 레이코의 억누른 신음이 들려온다.

건물 옥상에서 뛰어내리는 여자 모습이 떠오른다. 공포에 질려 뒤틀린 얼굴이 멀어져 가는 하늘을 올려다본다. 손발을 허우적거리며 다시 한 번 위로 올라가려고 발버둥친다. 묶은 머리카락이 반쯤 녹아버린 물풀처럼 머리 위에서 흔들린다. 점점 커지는 가로수, 자동차, 사람, 풍압으로 뒤틀린 입술과 코, 마치 뜨거운 한여름날에 땀에 흠뻑 젖은 채 꾸는 꿈 속 풍경 같은 것이 머릿속에 떠오른다. 천천히 돌아가는 흑백 필름 속, 옥상에서 떨어진 여자의 움직임.

레이코와 오키나와는 몸을 일으키고 땀을 닦더니 다시 초에 불을 밝혔다. 눈이 부셔 나는 몸을 돌린다. 둘은 알아들을 수 없을 만큼 낮은 목소리로 이야기를 나눈다. 때로 경련과 함께 격한 구역질이 솟구친다. 구역질은 파도처럼 밀려온다. 입술을 깨물고 시트를 부여잡은 채 견디는데, 머릿속에 고인 구역질이 다시 아래로 내려오는 순간 사정과 흡사한 쾌감이 일어난다는 것을 알았다.

"오키나와! 자기, 자기, 너무 야비해."

레이코의 새된 소리가 울렸다. 그와 동시에 유리 깨지는 소리. 하나가 침대에 뛰어오르자 매트리스가 아래로 꺼지면서 내 몸이 조금 기울었다. 또 하나, 아마도 오키나와일 텐데, 씨파, 하고 내뱉으며 난폭하게 문을 열고 나가버린다. 그 바람에 촛불이 꺼지고 철제 계단을 뛰어 내려가는 소리가 들린다. 어두워진 방에서 레이코의 숨결만이 낮게 들려오고, 구역질을 참는 사이에 의식이 멀어져 간다. 썩은 파인애플을 꼭 닮은 냄새, 혼혈아 레이코의 겨드랑이에서 풍기는 달콤한 냄새를 맡는다. 그 여자 얼굴이 떠오른다. 옛날, 꿈인지 영화인지에서 보았던 비쩍 말랐고 손가락 발가락이 긴 여자, 천천히 슈미즈를 어깨에서 떨어뜨리고 투명한 벽 건너편에서 샤워를 하는데, 날카로운 턱 끝에서 물방울을 떨어뜨리며 거울에 비치는 자신의 녹색 눈을 들여다보는 외국 여자의 얼굴……

앞을 걸어가던 남자가 뒤를 돌아보고 멈춰 서서 물이 흐르는 도랑에 담배를 버린다. 남자는 왼손으로 두랄루민으로 만든 신품 지팡이를 꼭 잡고 앞으로 나아간다. 목덜미를 타고 흐르는 땀, 남자의 움직임으로 보아 다리가 불편해진 것이 얼마 되지 않은 것 같았다. 오른손은 뻣뻣하고 무거워 보이고, 발끝이 앞으로 쭉 뻗은 탓에 지면에는 발을 끈 흔적이 길게 이어졌다.

태양은 한가운데로 솟았다. 걸으면서 레이코는 재킷을 벗는다. 몸에 착 달라붙은 셔츠에는 땀이 조금 배었다.

레이코는 어젯밤에 잠을 못 잔 듯 힘이 없어 보였다. 레스토랑 앞에서 뭐라도 먹고 가자고 했지만 대답하지 않고 고개를 저었다.

"오키나와도 참 알 수 없는 놈이네, 그 시간이면 전차도 안 다닐 텐데."

됐어, 류, 넌덜머리가 나. 레이코는 작은 소리로 말하고 길가에 선 포플라 잎을 하나 뜯어냈다.

"이거? 이 작은 선 같은 걸 뭐라고 해, 이거 말이야, 류, 알아?"

반쯤 찢겨진 이파리는 먼지가 잔뜩 묻었다.

"잎맥이라고 하지 않나?"

"아, 맞아, 잎맥이야. 나, 중학교 때 생물부였어, 그래서 표본을 만든 적이 있어. 이름은 잊어버렸지만 약물에 넣으면 이것만 하얗게 남고 다른 건 다 녹아버려, 깨끗하게 이런 잎맥만 남는 거야."

지팡이를 짚은 남자가 버스 정류장 벤치에 걸터앉아 시간표를 바라본다. '홋사 종합병원 앞'이라는 정류장 표시가 보인다. 큰 병원이 왼쪽에 있고 부채꼴로 넓은 안쪽 정원에는 환자복을 입은 열 몇 명이 간호사의 지시에 따라 체조를 한다. 하나같이 다리에 두꺼운 붕대를 감고 호각소리에 맞춰 허리와 목을 돌린다. 병원 현관으로 나아가는 사람들이 환자들을 바라본다.

"나, 오늘 너희 가게로 갈게, 모코하고 케이한테 파티 소식 전해야 하는데, 개네들 오늘 올까?"

"올 거야, 매일 오니까, 오늘도 와. 나, 류한테 보여줄 게 있어."

"뭔데?"

"표본이야, 이런 거, 온갖 이파리를 모은 거야, 저쪽에는 곤충 채집하는 사람이 많아, 예쁜 나비가 이쪽보다는 엄청 많으니까, 그렇지만 나, 이런 잎맥 표본 만들어서 선생님한테 칭찬 들었어, 상을 타고 가고시마까지 간 적이 있거든, 아직 책상서랍에 소중하게 간직하고 있어, 보여주고 싶어."

역에 도착한 다음 레이코는 포플러 잎을 길가에 버렸다. 플랫폼 지붕이 은색으로 빛나고, 나는 선글라스를 꼈다.

"벌써 여름이야, 정말 더워."

"엉, 뭐라고?"

"벌써 여름이라고."

"여름은 훨씬 더 더워."

레이코는 선로를 지긋이 바라보며 말했다.

카운터에서 와인을 마시는 내 귀에까지 가게 구석 자리에서 니브롤(신경안정제의 일종) 정제를 깨무는 소리가 들려온다.

한없이 투명에 가까운 블루

레이코는 일찍 가게 문을 닫고 카즈오가 다치가와의 약국에서 훔쳤다는 니브롤 200정을 테이블 위에 흩어놓고, 이거 파티 전야 제야, 하고 말했다.

그런 다음 카운터에 올라가 스타킹을 벗으면서 음악에 맞춰 춤을 추다가 나를 끌어안더니 약냄새 풍기는 혀를 내 입속으로 밀어 넣기도 했다. 그러다 오물과 함께 검붉은 피를 토하고는 소파에 축 늘어져 꼼짝도 하지 않는다. 요시야마는 긴 머리카락을 손가락으로 쓸면서 턱 수염에 달라붙은 물방울을 털어내고 모코에게 말을 건다. 모코는 내쪽을 보고 혀를 쏙 내밀기도 하면서 윙크를 한다. 어이 류, 오랜만이야, 뭐 좋은 거 없어? 해시시 같은 거 없어? 요시야마가 내 쪽을 돌아보고 웃으며 묻는다. 카운터에 두 손을 짚고 고무 슬리퍼를 신은 발을 의자 아래서 흔들어대며. 담배를 너무 피워 혀가 따갑다. 시큼한 와인 향이 바싹 마른 목에 달라붙는다. 어이, 더 달콤한 와인 없어? 케이는 니브롤에 취해 졸음에 젖은 듯한 얼굴로 누드모델 일을 하러 아키다에 갔던 이야기를 카즈오에게 들려준다. 위스키 병나발을 불고 땅콩 하나를 입안으로 던져 넣더니, 나 무대에서 밧줄에 묶였어, 엄청 힘든 일이었어, 들어 봐 카즈오, 거칠거칠한 새끼줄, 그걸로 묶는 거야. 너도 너무 심하다고 생각하지? 카즈오는 이야기에 귀를 기울이지 않는다. 목숨보다 소중하다는 니콘 니코마트^{Nikomat} 카메라를 내 쪽으로 향하고 파인더를 들여다본다. 뭐야, 너 사람이 말을 하면 제대로 들어야지. 케이는 카즈오의 등을 밀쳐 바닥에 쓰러뜨린다. 뭐야, 너무 거칠잖아, 싫어, 부서지면 어떡해. 케이는 흥, 하고 코웃음을 치더니 상반신을 드러내고 부딪쳐오는 상대와 치크 댄스를 하며 혀를 빤다.

나는 어제의 헤로인 탓인지 몸이 나른해서 니브롤을 씹고 싶지 않았다. 저기, 류, 화장실 안 가? 요시야마가 건드리는 바람에 젖어버렸어, 모코가 곁에 다가와 말한다. 빨간 벨벳 원피스에 벨벳 모자를 쓰고 눈가에 빨간 분을 듬뿍 발랐다. 류, 너 소루이트 화장실에서 나를 덮친 거 기억해? 모코의 눈은 몽롱하게 젖은 채 초점이 없다. 혀끝을 입술 사이로 살짝 드러내고 달콤한 목소리로 말한다. 저기, 기억하지? 짭새가 검문 오니까 손 좀 봐야 한다고 말도 안 되는 그런 거짓말로 그 좁은 화장실에서 묘한 자세 취하게 한 거 잊었어?

어, 그런 이야기 처음 듣는데, 류, 정말이야? 너 정말 못 말리는 바람둥이네, 그런 호모 같은 얼굴로 그런 짓을 했다니, 금시초

문이야 이거. 레코드에 바늘을 떨어뜨리며 요시야마가 큰 소리로 말한다. 무슨 말 하는 거야 모코, 말도 안 되는 소리 하지도 마, 지어 낸 거야, 요시야마, 나는 그렇게 대답한다. 엄청난 소리로 믹 재거(Mick Jagger, 영국 출신의 전설적인 록 그룹 롤링 스톤스The Rolling Stones의 보컬)가 노래하기 시작한다. 꽤 오래전 노래다, 〈타임 이즈 온 마이 사이드Time Is On My Side〉. 모코는 내 무릎에 한쪽 발을 올리고 꼬부라진 혀로 말한다, 거짓말하는 건 싫어, 류, 거짓말하지 마, 그때 나 네 번이나 올랐거든, 네 번이나, 어떻게 잊어.

레이코가 파랗게 질린 얼굴로 일어나, 지금 몇 시야, 몇 시? 누구에게랄 것도 없이 중얼거리더니 비틀거리며 카운터로 나아가 케이의 손에서 위스키를 빼앗아들고 목 안으로 부어넣고는 세차게 기침을 해댄다. 저런 멍청이, 레이코, 넌 그냥 얌전하게 자. 그러면서 케이는 위스키를 난폭하게 빼앗아들더니 병 주둥이에 달라붙은 레이코의 침을 손으로 닦아내고 다시 조금 마신다. 레이코는 케이에게 가슴을 떠밀려 소파에 쓰러져서는 내게 말한다. 저기, 소리 너무 크게 하지 마, 안 돼, 위쪽이 마작 하우스야, 너무 시끄럽게 하면 내가 야단맞거든. 음험한 놈이라 그냥 경찰에 전화해 버리니까, 볼륨 좀 줄여주지 않을래?

음량을 줄이려고 앰프 앞에 쭈그리고 앉은 내 어깨 위로 기성을 지르며 모코가 타올랐다. 차가운 허벅지가 목을 조른다. 뭐야 모코, 그렇게 류랑 하고 싶어? 내가 해줄게, 난 안 되는 거야? 뒤에서 요시야마의 목소리가 들린다. 허벅지를 꼬집어버리자 모코는 비명을 지르며 바닥에 굴렀다. 멍청이, 변태, 류 바보, 너 불능이지, 안 서지, 깜둥이하고 호모한다는 말 들었거든, 멍청이, 약 너무 많이 한 거야. 모코는 일어서기도 힘든 듯 드러누운 채 웃으며 하이힐 발로 나를 걷어찬다.

레이코가 소파에 코를 박은 채 작은 목소리로 말한다. 아, 죽고 싶어, 가슴이 아파, 가슴이 아프다니까, 레이코 이제 죽고 싶어. 케이는 스톤스의 레코드 재킷에서 눈을 떼고, 그럼 죽지 그래? 하고 레이코를 바라본다. 저기, 류, 그렇잖아? 그렇게 생각 안 해? 죽고 싶은 인간은 죽으면 되는 거야, 투덜거리지만 말고 죽으면 돼, 바보 같이, 레이코 너 투정부리는 거야.

카즈오가 니코마트에 스트로브^{strobe}를 붙여 케이를 찍는다. 스트로브의 섬광에 바닥에 축 늘어졌던 모코가 얼굴을 들어올렸다. 어라, 카즈오, 그만둬, 허락도 없이 사진 찍지 마. 그러고도 너 돈 받는 프로라고 할 수 있어, 엉? 그거 번쩍 터지는 거, 잡티 다 나오잖아, 나 사진 같은 거 정말 싫거든, 거기 번쩍거리는 거 그만 두지 못해, 그러니까 넌 인기가 없는 거야.

레이코가 괴로운 듯 신음을 내뱉으며 몸을 반쯤 굴리더니 입가에서 끈적한 물질을 토한다. 케이가 황급히 달려가 신문지를 깔고 타월로 입을 닦은 다음 등을 쓸어주었다. 오물에 쌀알이 많이 섞인 걸로 보아 저녁에 같이 먹은 볶음밥인 것 같았다. 신문지에 묻은 옅은 갈색 오물 표면에 천장의 빨간 라이트가 비친다. 레이코는 눈을 감은 채 뭐라고 중얼거린다. 돌아가고 싶어 나, 레이코, 돌아가고 싶어, 돌아가고 싶어. 요시야마가 쓰러진 모코를 일으켜 원피스 가슴 단추를 벗기면서, 그럼, 오키나와는 지금이 최고니까, 하고 레이코의 독백에 맞장구를 친다. 모코는 유방을 잡으려는 요시야마의 손을 뿌리치고 카즈오에게 안겨, 저기, 사진 찍어줘, 하고 예의 코맹맹이 소리로 말한다. 나 〈앙앙〉에 나왔거든, 이번 호 모델로, 컬러로 나왔다니까, 저기, 류, 너 봤지?

케이는 레이코의 침이 묻은 손가락을 데님 바지에 문질러 닦고 새 레코드에 바늘을 떨어뜨린다. 〈이츠 어 뷰티풀 데이^{It's a Beautiful Day}〉. 레이코, 너 어리광 부리는 거야. 카즈오는 다리를 크게 벌리고 소파에 드러누운 채 아무렇게나 셔터를 눌러댄다. 끝도 없이 스트로브가 터지고 그때마다 나는 눈두덩을 누른다. 어이, 카즈오, 적당히 해, 전지 나가.

요시야마가 케이의 혀를 빨려다가 거부당한다. 뭐야, 왜 그러는 거야? 너 어제부터 욕구불만이라 했잖아, 고양이 밥 줄 때, 쿠로한테 너도 나도 남자가 필요하다고 말했잖아? 키스 정도는 괜찮은 거 아냐?

케이는 아무 말 없이 위스키를 마신다.

모코는 카즈오 앞에서 포즈를 취한다. 머리카락을 쓸어올리고 방긋 웃으며. 어이, 지금 치ㅡ즈 해도 웃는 얼굴 안 나와, 모코.

케이가 요시야마에게 화를 낸다.

시끄러, 이제 나한테 신경 쓰지 마, 너 얼굴 보면 짜증 나, 아까 네가 먹은 돈가스, 그거, 아키다 농부가 땀 흘려 번 돈이야, 농부가 손이 닳도록 일해서 준 1000엔이라고, 그거 알아?

모코가 나를 보고 말한다. 혀를 내밀면서.

정말 싫어, 류, 변태 자식!

차가운 물을 마시려고 아이스피크로 얼음을 깨다가 그만 손을 찌르고 말았다. 요시야마를 무시하고 카운터 위에서 춤을 추던 케이가 내려와, 류, 너 이제 악기 그만뒀니, 그러면서 조그만 구멍에서 솟구치는 피를 핥아주었다.

레이코가 소파에서 일어나, 저기, 부탁이니까 레코드 볼륨 좀 낮춰, 하고 말했지만 아무도 앰프 쪽으로 가지 않는다.

손가락에 티슈를 대고 누르는 나에게로 가슴 단추를 다 열어젖힌 모코가 다가와, 류, 깜둥이들한테 얼마나 받아? 웃으며 묻는다.

그거 무슨 말? 파티 말인가? 나랑 케이를 깜둥이한테 붙여주고 놈들한테 얼마나 받느냐니까? 딱히 그거 갖고 뭐라고 할 생각은 없어.

케이가 카운터에 앉은 채 모코에게 말한다. 모코, 너 그만둬, 민망하게 그런 걸 왜 물어, 돈이 필요하면 좋은 사람 소개시켜 줄게. 파티는 돈 때문에 하는 게 아냐. 즐기기 위해서 하는 거야.

모코는 내 가슴에 늘어진 금목걸이에 손가락을 꼬고, 이것도 깜둥이한테 받은 거지? 하고 빙긋빙긋 웃는다.

씨파, 이건 고등학교 때 같은 반 여자애한테 받은 거야. 그 애 생일에 한 번 해줬더니 감격해서 준 거야, 그 애 큰 목재상 딸이라 돈이 많았어. 그런데 모코, 너 깜둥이라는 말은 하지 마, 죽어, 그 놈들 깜둥이라는 일본말 알거든. 불만 있으면 안 와도 돼, 어이 케이, 파티에 불러 달라는 여자 버글버글하다는 걸 알아 둬.

위스키를 입에 머금은 채 고개를 끄덕이는 케이를 보고 모코는, 어라, 화내면 안 돼, 사소한 농담이야, 그러면서 내 품에 안겨온다.

가지 뭐, 당연히 가야지, 깜둥이는 그것도 세고 해시시도 주잖아? 그러고는 혀를 들이민다. 카즈오가 내 코에 닿을 만큼 니코마트를 들이댄다. 그만둬, 카즈오. 나의 외침과 거의 동시에 빛이 터졌다. 머리를 세게 한 방 맞은 듯 눈앞이 새하얗게 변해 아무것도 보이지 않는다. 모코가 손뼉을 치며 캬아, 캬아 웃는다. 비틀거리며 카운터에 쓰러질 듯 몸을 기대려는 나를 떠받치며 케이가 입에 머금은 위스키를 내 입안으로 밀어넣는다. 케이는 기름기가 번들번들한 립스틱을 발랐다. 립스틱 맛이 섞인 위스키가 목을 태우며 흘러든다.

씨파! 그만둬, 그만두지 못해, 요시야마가 읽고 있던 〈소년 매거진〉을 바닥에 내리치며 화를 낸다. 케이, 너 류하고는 혀를 빨아? 발걸음을 옮기며 비틀거리다 테이블을 쓰러뜨리고, 글라스가 소리를 내며 깨지고, 맥주 거품이 터져 나오고 땅콩이 바닥에 흩어진다. 그 소리에 레이코가 머리를 흔들며 일어나 외친다. 다

나가! 나가지 못해! 나는 관자놀이를 문지르며 얼음을 머금고 레이코 옆으로 다가갔다. 레이코 걱정하지 마, 나중에 내가 잘 정리할 테니까 괜찮아. 내 가게야, 모두 나가라고 해줘. 저기, 류, 류는 있어도 좋아, 모두 나가라고 해줘. 그렇게 말하고 레이코는 내 손을 잡는다.

요시야마와 케이가 서로를 쩌려본다.

너, 류하고는 혀를 빠는 거야? 엉?

카즈오가 겁먹은 표정으로 요시야마에게 말한다, 요시야마 미안해, 그게 아냐, 내가 나빴어, 내가 류한테 스트로브 장난질을 하는 바람에 류가 쓰러졌고, 그래서 케이가 정신차리라고 위스키를 마시게 한 것뿐이야. 요시야마가 저리 가, 하고 밀쳐버리는 통에 니코마트가 바닥에 떨어질 뻔한다. 쳇, 뭐야, 하고 카즈오가 혀를 찬다. 모코가 카즈오 팔에 매달리며, 정말 바보 같아, 하고 중얼거린다.

뭐야, 질투? 케이가 발가락에 건 샌들을 탈탈 흔들며 말한다. 레이코가 울어서 부어오른 눈으로, 저기, 얼음 좀 줘, 하고 내 소매를 끌어당겼다. 티슈에 얼음을 싸서 관자놀이에 대 준다. 뻣뻣하게 선 채 케이를 노려보는 요시야마를 향해 카즈오가 셔터를 누르다가 두들겨 맞을 뻔한다. 모코가 배를 잡고 웃는다.

카즈오와 모코는 돌아가겠다고 한다. 우리 목욕탕에 좀 가려고.

어이 모코, 가슴 단추 잠궈, 깡패들한테 당할 수도 있어, 내일 고엔지 개찰구에서 한 시, 늦지 마. 모코가 웃으며 대답한다. 알았어, 변태, 절대로 안 늦을 거야. 아주 쫙 빼입고 올게. 카즈오가 길가에 무릎을 꿇고 이쪽을 향해 또 셔터를 누른다.

노래를 부르며 걸어가던 취객이 뭐라고 하면서 스트로브 쪽으로 고개를 돌렸다.

레이코는 가늘게 몸을 떤다. 티슈에 싼 얼음이 바닥에 떨어져 거의 다 녹아버렸다.

나 지금 기분 요시야마하고는 아무 관계도 없어, 특별히 아무것도 없다니까. 너랑 반드시 같이 자야 한다는 법 없잖아?

케이는 담배연기를 허공으로 뿜어내면서 요시야마에게 천천히 말한다.

아무튼 투덜거리지 마, 불평만은, 본인은 헤어져도 상관없어, 넌 곤란할지 몰라도 난 아무렇지도 않아. 어쨌든 더 안 마셔? 파티 전야제잖아, 응, 류?

한없이 투명에 가까운 블루

나는 레이코 옆에 앉았다. 목덜미에 손을 올리자 몸이 파르르 떨리더니 입가에서 구린내 나는 침을 줄줄 흘린다.

케이, 본인이란 말은 하지 마, 본인 같은 징그러운 말은 하지 말라니까. 이제 그만해, 내일부터 나 일할 거야, 그러면 되지?

카운터에 걸터앉는 케이에게 요시야마가 그렇게 말한다. 응? 나 돈 벌 테니까 괜찮지?

어라, 그래 일해, 그럼 나야 좋지. 케이는 다리를 늘어뜨린다.

케이가 바람을 피워도 좋아, 다만 본인이란 말을 한다든지 짜증을 부리고 그러잖아. 그거 완전 욕구불만이라고 생각해, 그러지 않아도 난 다시 요코하마에서 노가다할 생각이야, 응? 요시야마는 케이의 허벅지를 잡으며 그렇게 말했다. 허벅지에 착 달라붙은 케이의 바지 허리춤에서 조금 늘어진 뱃살이 벨트 위로 살짝 튀어나왔다.

너 지금 뭐라고 하는 거야? 말도 안 되는 소리하지 마, 창피해. 봐, 류도 웃잖아, 무슨 말을 하는지 도무지 모르겠어, 본인은 본인이야, 그것뿐이야.

본인이란 말 그만두지 못해! 씨파, 어디서 그런 말을 배워가지고서는.

케이는 담배를 개수대에 버린다. 벗어던져 놓았던 셔츠에 팔을 끼워 넣으며 요시야마에게 말했다.

엄마한테 배웠다 왜, 엄마가 자신을 본인이라고 했다고, 몰랐어? 저기, 너랑 한번 우리 집에 같이 간 적 있잖아? 고다츠에 앉아 고양이랑 같이 전병 씹던 여자 있었잖아? 그게 본인의 엄마야, 늘 자신을 본인이라고 해, 못 들었어?

요시야마는 아래를 바라보고 류, 담배 하나 줘, 라고 한다. 던졌더니 바닥에 떨어졌다. 서둘러 주워들고 맥주에 젖은 쿨 담배를 물고 불을 붙이면서 나지막한 목소리로, 케이, 가자, 하고 말한다.

너 혼자 가, 본인은 안 가.

나는 레이코의 입을 닦아주면서 요시야마에게 묻는다. 너 내일 파티에 안 올 거야?

괜찮아 류, 내버려 둬, 저 자식 일한다고 하니까 일하도록 내버려 둬. 요시야마가 안 와도 아무 영향 없잖아? 넌 빨리 집으로 돌아가, 빨리 안 자면 일찍 못 일어나. 내일 요코하마지? 새벽 아냐?

어이 요시야마, 정말로 안 올 생각이야?

요시야마는 대답도 하지 않고 가게 구석으로 가서 끝도 없이 돌아가는 플레이어에 〈레프트 얼론(Left Alone, 미국 재즈 피아니스트 말 왈드론Mal Waldron의 빌리 홀리데이 헌정 앨범)〉 레코드를 올려놓으려 했다. 빌리 홀리데이가 유령처럼 찍힌 레코드 재킷에서 판을 꺼낼 때 케이가 카운터에서 내려와 스톤스로 해, 하고 요시야마의 귓가에 대고 말한다.

이제 그만하자, 케이, 아무 말도 하지 말아줘.

요시야마가 담배를 문 채 케이를 바라보았다.

멍청이, 뭐야 저 레코드, 또 저런 칙칙한 피아노 소리 들으려고 해, 이건 완전 삶에 지쳐버린 노친네잖아, 그거 니그로의 창이야. 저기, 류, 뭐라고 말 좀 해봐, 이거 롤링 스톤스의 최신곡이라니까, 아직 안 들어봤지? 〈스티키 핑거스Sticky Fingers〉라는 곡이야.

요시야마는 아무 대답도 하지 않고 말 왈드론을 턴테이블에 올렸다.

케이, 시간도 많이 됐고 레이코가 너무 시끄럽게 하지 말라고 하잖아? 스톤스를 너무 낮게 들으면 재미없잖아?

케이는 셔츠 단추를 잠그고 거울을 보며 머리를 손질하더니 내일 어떻게 돼? 하고 묻는다.

고엔지, 개찰구에서 한 시로 했어. 케이는 립스틱을 바르면서 고개를 끄덕인다.

요시야마, 오늘 집에 안 갈 거야, 샴한테 갈 거니까 고양이한테 우유 주는 거 까먹지 마, 냉장고에 든 거 말고 선반에 있는 우유, 꼭 그걸 줘야 해.

요시야마는 대답하지 않는다.

케이가 문을 열자 눅눅하고 서늘한 공기가 흘러들었다. 아, 케이, 잠시 그냥 열어 둬.

〈레프트 얼론〉을 들으면서 요시야마는 진을 잔 가득 따른다. 나는 바닥에 흩어진 유리조각을 주워 레이코의 토사물이 밴 신문지 위에 올려놓았다. 창피하지만 요즘 늘 이래, 요시야마가 천장을 바라보며 중얼거린다.

일하러 아키다로 가기 전에도 마찬가지였어, 밤에도 침대를 따로 쓰고, 딱히 내가 잘못한 것도 없는데 말이지.

냉장고에서 콜라를 꺼내 마신다. 요시야마는 필요없다고 손사래를 치더니 진을 단숨에 마셔버린다.

"저 자식 하와이 가고 싶다고 하는 거야, 꽤 오래전 이야긴데, 아버지가 하와이에 있을지도 모른다고 말한 적 있지? 나, 돈 모아서 보내주려고 했는데, 하긴 하와이에 있는 그 놈이 아버지인지도 잘 모르지만. 일해서 돈을 모으고 싶지만 이젠 모든 게 엉망이야, 저 자식 무슨 생각을 하는지 도무지 모르겠어, 매일 이 모양이야."

요시야마는 말이 끝나자 가슴을 손으로 누르며 벌떡 일어나 황망히 밖으로 나갔다. 하수도에 토하는 소리가 들린다. 레이코는 정말로 잠들어버렸다. 입으로 숨을 몰아쉰다. 커튼으로 칸을 지은 안쪽 창고로 가서 담요를 가져와 덮어주었다.

요시야마는 배를 부여잡고 돌아왔다. 소매로 입가를 닦는다. 고무 슬리퍼 앞에도 누런 오물이 묻었고, 온몸에서 시큼한 냄새가 피어난다. 레이코의 규칙적인 숨소리가 들린다.

"요시야마, 내일 와, 파티잖아."

"아, 케이가 크게 기대하는 것 같아, 또 한번 깜둥이랑 하고 싶다고 하면서, 난 아무렇지도 않아. 오늘 레이코 왜 저래? 아주 거칠었어."

요시야마를 마주 보고 앉는다. 진을 한 모금 마신다.

"어제 우리 집에서 오키나와하고 싸웠어, 레이코 어제 주사가 제대로 되지 않아서 말이야.

살이 쪄서 혈관이 잘 안 나오잖아, 그래서 오키나와가 짜증을
내더니 전부 지가 맞아버렸어, 레이코 것까지 다 맞아버린 거야."

"정말 멍청한 놈들이네, 그래서 류는 그냥 지켜보기만 했어?
너도 멍청하게 그냥 보기만 한 거야?"

"아냐, 내가 먼저 맞고 그냥 뻗어버렸지 뭐, 침대에, 죽는 줄 알
았어. 정말 무서웠어, 양이 좀 많아서 정말 무서웠어."

요시야마는 진에 녹인 니브롤을 두 알 들이킨다.

배가 고픈데도 먹고 싶지 않다. 된장국이라도 마실까 하고 레
인지 위 냄비를 살폈더니 안쪽에 시퍼런 곰팡이가 슬었고 두부
는 썩었다.

우유를 듬뿍 넣은 커피 마시고 싶은데, 요시야마의 말에 썩은
된장 냄새를 참으며 포트에 든 커피를 데웠다.

우유를 넘칠 만큼 컵에 부어 두 손으로 받쳐 들고 입으로 가져
가더니 요시야마는 앗, 뜨, 하면서 입을 비죽 내미는가 싶더니 배
에 가득 든 온갖 오물을 폭포수처럼 카운터 위에 왈칵 토해냈다.

아, 씨파, 술만 마시라는 거네, 그러더니 글라스에 남은 진을
단숨에 들이킨다. 가볍게 기침을 하기에 등을 쓸어주자, 넌 참 상
냥해, 하고 뒤를 돌아보며 입술을 비튼다. 요시야마의 등은 차갑

게 땀에 젖어 시큼한 냄새를 풍겼다.

"그러고는 도야마에 갔더랬어, 레이코한테 들었지? 류한테 간 다음에 말이야, 엄마가 죽었거든, 들었지?"

나는 고개를 끄덕인다. 진이 다시 요시야마의 잔에 가득 찬다. 너무 달콤한 커피가 바싹 마른 혀를 무겁게 자극한다.

"실제로 죽으니까 기분 정말 묘하더라. 그런 기분 처음이야. 류, 가족은 모두 건강하게 잘 지내지?"

"잘 지내, 내 걱정하면서, 편지가 많이 와."

〈레프트 얼론〉의 마지막 곡이 끝났다. 천을 찢는 듯한 소리를 내며 레코드는 다시 돌아간다.

"케이 말이야, 같이 가자고, 도야마에 가자는 거야, 혼자 집에 있기 싫다면서. 그런 마음 알 것 같지 않아? 여관에 재우긴 했는데, 식사도 안 주고 그냥 자는데 2000엔이나 하는 거야, 너무 비싸."

스테레오 스위치를 껐다. 담요 바깥으로 비어져 나온 레이코의 발바닥이 시커멓다.

"그래서 장례식 날 말이야, 케이가 전화를 해서 외로워 죽겠다면서 잠시 와 달라고 하는 거야. 사정이 이런데 어떻게 갈 수 있겠느냐고 했더니, 그럼 자살해 버리겠다고 사람 놀라게 하는 통에, 갔지. 지저분한 세 평짜리 방에 있는 고물 같은 라디오를 듣고 있었어. 이 지방은 FEN(Far East Network, 극동 네트워크, 일본에 체류하는 미군을 위한 영어 라디오 방송) 안 나오는 모양이라며, 도야마에 미군방송이 나올 리 없지. 그 자식 엄마에 대해 여러 가지 물었어, 완전 말도 안 되는 질문만 해대. 묘하게 뒤틀어진 웃음을 보이며, 그래서 기분이 안 좋았어, 정말로. 죽었을 때, 엄마가 죽었을 때 어떤 얼굴이었느냐고, 관에 넣을 때 화장을 하는 거냐고, 그런 거. 그럼, 화장을 하지, 라고 했더니, 어떤 회사 화장품으로 해? 맥스? 레브론? 카네보? 그런 걸 내가 어떻게 알겠어? 훌쩍훌쩍 울기나 하고, 외로웠어, 그러면서 우는 거야."

"그렇지만 난 케이의 기분 잘 알 것도 같아, 그런 날 여관에 머무는 거, 정말 외로웠을 것 같아."

커피 잔 바닥에 가라앉은 설탕을 그만 마시고 말았다. 설탕이 막처럼 달라붙어 토악질이 올라왔다.

"물론 나도 잘 알아. 알지만, 너, 실제로 엄마가 죽은 날이란 걸 생각해 봐. 훌쩍훌쩍 울다가, 벽장에서 이불 꺼내서는 옷을 다 벗어버리는 거야. 나 방금 죽은 엄마 얼굴 바라보며 마지막 인사를 올렸는데, 그런데 벌거벗은 튀기한테 안겨 봐. 이건 좀, 류, 알지?
안을 수도 있었지만, 좀, 좀 그렇잖아."

"아무것도 안 한 거지?"

"할 리가 없잖아. 케이, 훌쩍훌쩍 짜면서 말이야, 왠지 내 스스
로 부끄러운 생각이 들어서, 있잖아, 텔레비전에서 하는 드라마
있잖아? TBS인지 어디선가 하는 드라마. 무슨 그런 드라마에서
연기를 하는 것 같은 기분이 들어서, 옆방까지 들리는 건 아닐까
걱정도 되고, 창피했어, 정말로. 그때 케이, 무슨 생각이었을까,
역시 그 이후로 이래."

레이코의 고른 숨소리만 들린다. 호흡에 맞춰 먼지를 뒤집어
쓴 담요가 아래위로 흔들린다. 때로 술 취한 사람이 활짝 열린 문
으로 안을 엿본다.

"역시 그 이후야, 이상해진 게. 아니, 싸움은 이전부터 자주 했
더랬어. 그렇지만 뭔지는 모르겠지만 이전과는 분위기가 달라.
뭔가가, 뭔가가 달라. 하와이에 간다는 건 이전부터 둘이서 줄곧
계획한 일인데, 오늘 또 저러잖아? 그리고, 그 보지도 정말 맛대
가리 없어, 차라리 안마시술소에 가는 게 훨씬 나아."

"어머니 말이야, 아팠던 거야?"

"병이라면 병이라고 해야겠지만, 몸이 너덜너덜했어. 눈에 피로가 그득 차서, 그게 옛날보다 얼마나 작아져버렸는지, 죽었을 때. 정말 불쌍한 우리 엄마, 남 말하는 것 같이 들릴지 모르겠지만, 정말 불쌍해. 알아? 도야마의 약장수, 행상했다는 거. 어릴 적에는 자주 따라다녔더랬어, 냉장고만한 보따리 짊어지고 아침부터 온종일 걸어 다니는 거지. 전국에 단골이 있어서, 너 그거 알아? 서비스로 끼워주는 종이풍선, 바람을 불어넣어서 부풀리는 거, 알지? 나 그걸로 많이 놀았어. 지금 생각하면 참 이상해. 그런 걸로 어떻게 하루 종일 놀았는지. 지금이라면 지겨워서 견디지 못했을 거야, 그렇지만 그 당시에도 지겹기는 했을 거야, 재미있었다는 기억은 없으니까. 어떤 여관에서 엄마를 기다리는데 전구가 나가버린 거지. 해가 저물어 어두워진 다음에야 알았어. 여관 사람한테 말을 잘 못하잖아? 아직 난 초등학교에도 안 간 나이니까, 무서웠어. 방구석으로 가서 길에서 비치는 불빛을 바라보았는데, 그게 잊히지 않아. 무서웠어, 좁은 길에서, 생선 비린내가 심하게 풍기는 거리였는데. 아, 그게 어디쯤이었더라? 거리 전체가 온통 비린내야. 그게 어디였을까."

멀리 기차 소리가 들린다. 레이코가 가끔 잠꼬대를 한다. 요시야마는 다시 바깥으로 나간다. 나도 따라 나가 둘이서 하수도에 다 대고 토한다. 벽에 왼손을 짚고 오른손가락을 목안으로 집어넣자 배 근육이 바로 경련을 일으키더니 미지근한 액체가 솟구쳐 오른다. 가슴과 배가 파도칠 때마다 목과 입에서 시큼한 덩어리가 잠깐 머물렀다가 혀로 누르면 잇몸을 마비시키며 물 속에 툭툭 떨어진다.

가게로 돌아오는 길에 요시야마가 말했다.

"어이, 류, 이렇게 토하고 나면 내장은 엉망으로 꼬이고 그냥 서 있기도 힘들잖아? 그리고 눈도 잘 안 보여. 근데 이럴 때면 반드시 여자가 그리운 거야. 여자가 곁에 있은들 서지도 않고 가랑이 벌리는 것도 귀찮기만 하지만, 무작정 여자를 갖고 싶은 거야. 좆도 아니고 머리도 아니고, 몸 저 안쪽이 스물거리는데, 넌 어때? 알지? 내가 하는 말."

"응, 죽이고 싶은 거지? 안는 것보다는."

"맞아 맞아, 바로 그거, 목을 이렇게 획 비틀고 조여서, 확 벗겨버리고 몽둥이 같은 걸 엉덩이에 콱 박아넣고, 이렇게 긴자 같은 데로 걸어 다니는 여자 말이야."

가게로 들어서는데 화장실에서 나오던 레이코가, 아, 어서오

세요, 하고 잠꼬대처럼 중얼거린다. 판탈롱 앞이 풀어졌고 허릿살 안으로 팬티가 파고들었다.

쓰러지려는 걸 달려가서 붙든다.

류, 고마워, 조용해졌네. 저기, 얼음 좀 줄래. 목이 달라붙었어, 물. 목을 늘어뜨리고 그렇게 말한다. 얼음을 깨는데 요시야마가 다시 소파에 누운 레이코의 옷을 벗겼다.

니코마트의 렌즈에 어두운 하늘과 태양이 작게 비친다. 얼굴을 비쳐보려고 뒤로 물러나는데 다가오던 케이와 부딪쳤다.

류, 너 뭐 해?

뭐야, 왔어? 꼴찌야, 맨 늦게 왔어, 지각하면 어떡해.

버스 안에서 할아버지가 가래를 뱉었는데 운전사가 뭐라고 하는 거야, 일부러 버스까지 세우고. 둘이서 목이 터져라 말싸움을 하는 거야, 이렇게 더운데, 다들 어딨어?

졸린 표정으로 길가에 퍼질러 앉은 요시야마에게, 어라, 요시야마, 오늘 요코하마 가는 거 아니었어? 케이가 웃으면서 그렇게 말한다.

그제야 레이코와 모코가 역앞 양복점에서 나왔다. 길 가던 사람들이 모두 레이코를 돌아본다. 레이코는 방금 산 인도 드레스를 걸쳤다. 빨간 실크 천에 작고 동그란 거울이 빼곡 달라붙었고, 옷자락이 복숭아 뼈까지 내려왔다.

와, 엄청난 걸 샀네, 카즈오가 웃으면서 니코마트를 들이댄다.

케이가 나한테 귀속말을 한다. 확 다가오는 향수 냄새. 저기, 류, 레이코는 모르는 걸까, 저렇게 살 쪘는데 저런 드레스.

그럼 어때, 아마 기분전환하고 싶었을 거야, 금방 질릴 텐데 뭐. 케이가 달라고 해봐, 너라면 잘 어울릴 거야.

레이코가 주변을 살피면서 작은 목소리로 말한다.

나 깜짝 놀랐어. 모코, 점원이 보는 앞에서 하는 거야, 그것도 손짓 한 번으로 간단히 가방에 밀어 넣었어.

뭐야 모코, 또 몽태치기한 거야? 약에 취했지? 적당히 하지 않으면 저러다 잡혀 들어가지.

버스 배기가스에 얼굴을 찌푸리고 요시야마가 그렇게 말한다. 모코가 내 눈앞으로 팔을 들이민다. 냄새 좋지? 디오르.

디오르도 좋지만 너무 심하게 훔치지 마, 다른 사람이 다쳐.

요시야마와 카즈오가 햄버거를 사러 간 사이에 세 여자는 화장품을 주거니 받거니 하면서 개찰구 손잡이에 몸을 기댄 채 얼굴에 발라댄다. 입술을 비죽 내밀고 콤팩트 거울을 들여다본다. 오가는 사람들이 신기하다는 표정으로 여자들을 보고 간다.

　　나이 든 역무원이 웃으면서 레이코에게 말한다.

　　언니, 드레스 정말 끝내주네, 어디 가?

　　레이코는 진지한 표정으로 눈썹을 그리면서, 차표를 끊는 역무원에게 말했다.

　　"파티에 가, 파티."

오스카의 방, 주먹만한 해시시가 향로에 올랐다. 피어오른 연기가 숨을 쉴 때마다 가슴 속으로 파고든다. 30초도 되지 않아 완전히 취해 버린다. 온몸의 털구멍에서 내장이 녹아 흘러나오는 것 같고, 남의 땀 냄새와 내쉬는 숨결이 땀구멍으로 스며드는 것 같은 착각이 일어난다.

특히 하반신은 무거운 늪에 빠진 듯하고 입은 누군가의 기관을 물고 체액이라도 빨아들이고 싶어 스물거린다. 접시 위의 과일을 먹고 와인을 마시는 사이에 방 전체가 뜨거운 열기에 휩싸이기 시작하고 내가 내 피부를 벗겨내고 싶은 충동이 일어난다. 미끌미끌한 기름을 뒤집어쓴 흑인들의 몸을 내 안에 집어넣어 흔들어대고 싶다. 체리를 올린 치즈파이, 검은 손바닥 위에 구르는 포도, 무럭무럭 김을 내며 뜯겨나가는 게 다리, 엷은 보라색으로 맑고 달콤한 미국산 와인, 조그만 사마귀로 덮인 죽은 사람의 손가락 같은 피클, 여자 입술과 혀가 겹친 듯한 빵과 베이컨, 샐러드에 뿌린 분홍색 마요네즈 소스.

케이가 밥의 거대한 자지를 목구멍 안쪽으로 밀어 넣는다.

누가 제일 큰지 비교해 볼 거야.

개처럼 카펫 위를 기어 다니며 하나하나 입에 물어본다.

사부로라는 혼혈아의 물건이 가장 크다는 것을 알고, 베르무트(vermouth, 약초, 풀뿌리, 나무껍질, 향미료 등을 첨가한 와인) 빈 병에 장식된 코스모스를 뽑아 기념으로 그 요도에 꽂는다.

류, 네 것보다 두 배는 커.

사부로는 고개를 치켜들고 인디언처럼 외치고 케이가 꽂은 코스모스를 이로 물어 빼내더니 스페인 댄서처럼 테이블 위로 올라가 허리를 돌린다. 천장에서 파란 스트로브가 점멸하며 돌아간다. 음악은 루이스 본파(Luiz Bonfa, 이탈리아계 브라질 사람으로 기타리스트 겸 작곡가)의 많이 늘어진 삼바, 케이는 젖은 코스모스에 흥분하여 격렬하게 몸을 떤다.

누구 넣어줘, 빨리 해줘. 그렇게 영어로 외치는 케이에게 검은 팔이 몇 개나 뻗어 나와 소파에 쓰러뜨리고 슬립을 찢어내자 반투명 작은 천 조각이 허공에 날리며 떨어진다. 이거 나비 같네. 그 하나를 집어들고 레이코는 덤의 자지에 버터를 바른다. 밥이 고함을 지르며 케이의 사타구니에 손을 집어넣자 방 안은 온통 비명과 웃음소리로 가득 찬다.

방 여기저기서 몸을 뒤트는 일본 여자 세 명을 바라보며 나는 페퍼민트 와인을 마시고 꿀을 바른 크래커를 먹는다.

흑인의 자지는 아주 길어서 가늘어 보인다. 최대한 발기했을 때도 레이코가 잡고 굽히면 꽤 많이 휘어진다. 덤이 다리를 떨면서 갑자기 사정한다. 정액을 뒤집어 쓴 레이코의 얼굴, 그걸 보고 모두 웃는다. 레이코가 눈을 깜빡이고 웃으며 얼굴 닦을 티슈를 찾는데 사부로가 가볍게 그 몸을 들어올린다. 작은 아이를 잡고 오줌을 누이는 것처럼 사타구니를 벌려 안더니 자신의 배 위에 올린다. 커다란 왼손으로 레이코의 목을 오른손으로 두 발목을 한꺼번에 잡고 체중을 전부 성기에 건다. 레이코는 아프다고 소리치고 손을 퍼득거리며 사부로에게서 떨어지려 하지만 손이 닿지 않는다. 점점 얼굴이 새파랗게 질려간다.

사부로는 몸을 소파에 기댄 채 하늘을 바라보는 자세로 레이코의 사타구니를 자지에 문지르듯이 다리를 굽히기도 하고 벌려 펼치기도 하면서 엉덩이를 받침대 삼아 돌리기 시작했다.

첫 회전 때 레이코는 온몸에 경련을 일으키며 무섭다고 외쳤다. 눈을 화들짝 열고 손을 귀에 대고 공포영화의 주인공처럼 비명을 질렀다.

사부로는 전투를 벌이는 아프리카 원주민처럼 외치듯 웃으며, 얼굴을 일그러뜨리고 두 손으로 마구 가슴을 헤치는 레이코에게 일본어로, 더 울어, 하더니 더 세차게 돌렸다. 모코의 유방을 빨던 오스카도 쪼그라든 자지에 차가운 타월을 올려놓은 덤도 아직 옷을 벗지 않은 잭슨도 케이를 올라탄 밥도 빙글빙글 돌아가는 레이코에게서 눈을 떼지 못한다. 밥과 덤이, 오 마이 갓, 정말 대단해, 그러더니 레이코를 돌리는 걸 돕는다. 밥이 발을, 덤이 머리를 잡고 엉덩이를 세차게 사부로 쪽으로 밀어붙이며 아까보다 더 빨리 레이코를 돌린다. 사부로는 하얀 이를 드러내고 웃으면서 두 손을 목 뒤로 깍지 끼고 몸을 뒤로 젖히며 자지를 앞으로 스윽 내밀었다. 레이코가 불에 덴 듯 큰소리로 울기 시작한다. 자신의 손가락을 물고 머리카락을 뜯고 눈물이 볼을 타고 떨어지기도 전에 원심력에 이끌려 허공으로 흩어진다. 우리의 웃음소리도 더 높아진다. 케이는 베이컨을 흔들어대며 와인을 마시고 모코는 딱딱한 털이 난 오스카의 거대한 엉덩이에 빨간 손톱을 박아 넣는다. 발가락을 한껏 젖힌 채 바르르 떤다. 세찬 마찰 때문인지 레이코의 성기에 반짝이는 빨간 점액이 응어리진다. 사부로는 크게 숨을 들이쉬고 속도를 줄이더니 루이스 본파가 노래하는 〈흑인 오르페^{Black Orpheus}〉에 리듬을 맞춘다. 나는 레코드 볼륨을 낮추고 같이 노래한다. 케이가 발가락을 핥고, 마구 웃으며 카펫 바닥을 기어 다니고, 레이코는 덤의 정액이 말라붙은 얼굴로 울어댄다. 손가락에는 피 배인 이 자국이 파이고 때로 뱃속에서 울려나는 사자울음 같은 소리를 토한다. 아, 이제 발사할 거야, 이 여자 풀어줘, 사부로가 일본어로 그렇게 말하더니 레이코를 옆으로 밀쳐버린다. 저리 가, 이 돼지 같은 년, 레이코는 사부로의 발을 끌어안는 듯한 자세로 앞으로 꼬꾸라진다. 바로 그 위에서 쏟아지는 액체가 레이코의 등과 엉덩이에 달라붙는다. 레이코가 흠칫 몸을 떨더니 오줌을 싸고, 젖꼭지에 꿀을 바른 케이가 서둘러 신문지를 엉덩이 아래에 밀어 넣는다. 이게 무슨 꼴이야, 케이는 레이코의 엉덩이를 찰싹 때리고 새된 소리로 웃는다. 그러고는 마음 가는대로 방 안을 돌아다니며 이거다 싶은 상대의 발가락,

자지, 혀를 몸 속에 넣는다.

나는 줄곧 도대체 여기가 어딘가 하고 생각한다. 테이블 위에 흩어진 포도를 입에 넣는다. 혀로 빙글빙글 돌려 껍질을 벗기고 접시에 씨를 뱉어내는데 손이 여자의 성기에 닿아 누군가 하고 보니 케이가 걸터앉은 채 웃는다. 잭슨이 멍한 표정으로 일어서더니 군복을 벗는다. 피우던 가느다란 박하담배를 비벼 끄고는 오스카 위에서 몸을 흔드는 모코 쪽으로 향한다. 작은 갈색 병에서 강렬한 냄새를 풍기는 향수를 방울방울 모코의 엉덩이에 뿌리고, 어이 류, 내 셔츠에서 흰색 연고 좀 가져다 줘, 하고 외친다. 오스카에게 사로잡힌 모코의 성기에 플루코트 연고를 바르자 비명을 지른다. 차가워, 싫어. 잭슨은 모코의 엉덩이를 잡고 위로 들어올리더니 자신의 자지에도 듬뿍 플루코트를 바른 다음 하기 시작했다. 모코는 등을 동그랗게 말고 비명을 지르고, 그쪽을 본 케이가 어라, 재미있는 걸 하네, 하고 다가가더니 엉덩이를 내민 채 울어젖히는 모코의 머리카락을 잡고 얼굴을 들여다보더니, 나중에 맨소래담 발라줄게, 모코, 하고 오스카의 입에 혀를 밀어넣었다가 다시 큰 소리로 웃는다. 나는 호주머니에서 카메라를 꺼내 일그러진 모코의 얼굴을 클로즈업해서 찍는다. 라스트 스퍼트에 들어간 육상선수처럼 코 바퀴가 움찔거린다. 레이코가 겨우 눈을 뜬다. 몸에 끈적끈적한 물질이 잔뜩 묻은 걸 이제야 알았다는 듯 샤워실로 간다. 휑한 눈길로 입을 벌린 채 몇 번이나 쓰러진다. 일으켜 세우려고 어깨를 잡는 나를 보고, 아 류, 나 좀 도와줘, 하고 얼굴을 가까이 댄다. 레이코의 몸에서 풍기는 이상한 냄새 때문에 나는 화장실로 뛰어 들어가 토했다. 타일에 주저앉아 샤워를 하는 레이코, 휑하니 어디를 보는지 알 수 없는 그 눈이 빨갛게 충혈되었다.

레이코, 바보, 물에 빠져 죽고 싶어. 케이가 샤워기를 잠그고, 레이코의 사타구니에 손을 집어넣는다. 깜짝 놀라 레이코가 튀어오르자 캬캬 웃는다. 아, 케이로구나, 레이코는 케이를 끌어안고 입을 맞춘다. 케이가 화장실에 앉아 손짓으로 나를 부른다. 저기, 차가워서 기분 좋아, 류. 피부는 차가워지고 몸 안쪽은 더 뜨거워지는 것 같아. 네 물건 정말 귀여워, 케이가 내 것을 입에 머금고 레이코는 젖은 내 머리카락을 힘껏 뒤로 젖히더니 아기가 젖꼭지를 찾듯 혀를 더듬어 세차게 빤다. 케이가 벽에 손을 대고 엉덩이를 내밀더니 샤워로 메말라버린 구멍으로 나를 집어넣는다. 밥이 손끝에서 땀을 떨어뜨리며 샤워실로 들어온다. 여자가 부족

해, 류, 하나로 둘이 쓰게 하지 마, 씨파.

내 볼을 찰싹찰싹 때리고 물에 젖은 우리를 억지로 방으로 끌고가 바닥에 내동댕이친다. 케이 몸에 들어간 자지가 쓰러질 때 틀어져 나는 신음한다. 레이코가 럭비공처럼 침대 위로 날아가고 밥이 그 위를 덮친다. 레이코가 무슨 말을 하면서 저항하지만 사부로가 손발을 누르고 입 안에 파이 덩어리를 넣자 숨이 박혀 목을 바르르 떤다. 레코드는 〈오시비사(가나 출신의 테디 오세이Teddy Osei가 결성한 오시비사Osibisa라는 밴드의 1971년 동명의 데뷔 앨범. '오시비사'란 아프리카 말로 '리듬'이라는 뜻이다)〉로 바뀌었고 모코는 얼굴을 찡그리며 엉덩이를 닦는다. 엷게 피가 묻어 난 티슈를 잭슨에게 보여주며, 너무 심해, 하고 중얼거린다. 저기 레이코, 그 치즈파이 맛있지? 케이가 테이블에 기어가는 자세로 올라탄 채 묻는다. 저기, 배에서 뭔가가 꿈틀대는 기분이야, 산 생선 같은 걸 통째 삼킨 것처럼. 그렇게 말하는 레이코 사진을 찍으려고 침대에 올라간 나를 밥이 이를 드러내며 밀쳐버린다. 나는 바닥에 구르다가 모코와 부딪친다. 류, 저 사람 싫어, 맛이 갔어. 저 사람 호모지? 모코는 오스카 위에 있다, 오스카는 치킨을 뜯으며 모코를 흔들어댄다. 모코는 다시 울기 시작한다.

63

모코, 괜찮아? 어디 아픈 건 아니니? 뭐가 뭔지 잘 모르겠어, 류, 모르겠어.

〈오시비사〉에 맞춰 모코가 흔들린다. 케이는 잭슨의 무릎 위에 앉아 와인을 마시면서 이야기를 나눈다. 잭슨은 베이컨을 케이 몸에 붙이고 바닐라에센스를 뿌린다. 쉰 듯한 목소리로 누군가가 오, 베이비, 하고 외친다. 빨간 카펫에는 온갖 것들이 흩어졌다. 속옷, 담뱃재, 빵, 양상추, 토마토 찌꺼기, 온갖 색깔의 털, 피 묻은 티슈, 텀블러와 병, 포도 껍질, 성냥개비, 쓰레기가 잔뜩 묻은 체리⋯⋯. 모코가 비틀거리며 일어선다. 엉덩이에 손을 대고 아 배고파, 하고 테이블까지 걸어간다. 잭슨이 쭈그리고 앉아 밴드를 붙여주고 키스한다.

테이블에 얼굴을 들이대고 걸신 들린 듯 게를 잡고 뜯는다. 모코는 숨을 몰아쉬더니 게 껍질을 깬다. 그 눈앞에 누구 건지 모를 시커먼 자지가 불쑥 나타나고, 모코는 일일이 그것을 입에 머금는다. 혀로 핥는 듯하다가 밀쳐버리고 다시 게를 집는다. 빨간 껍질을 이로 소리내어 깨물어 하얀 살을 손으로 꺼낸다. 접시에 놓인 핑크 마요네즈를 듬뿍 찍어 가슴에 뚝뚝 떨어뜨리면서 혀 위에 올려놓는다. 게 냄새가 방 안으로 퍼져간다. 레이코가 침대 위에서 또 소리친다. 덤이 모코를 뒤에서 쳐올린다. 엉덩이를 들어 올리고 게를 든 채 얼굴을 찌푸린다. 와인을 마시려 하다가 몸이 흔들리는 바람에 코로 들어가 눈물을 흘리며 기침을 한다. 그것을 보고 케이가 또 웃는다. 제임스 브라운^{James Brown}이 노래하기 시작했다. 레이코가 기어서 테이블에 다가와 페퍼민트 와인을 단숨에 들이키고는, 맛있어, 하고 큰소리로 외친다.

"잭슨하고는 친하게 지내지 말라고 몇 번이나 얘기했잖아, 그 사람 헌병이 노리고 있대, 언젠가는 체포될 거야."

젊은 사람이 노래하는 텔레비전 화면을 끄고 리리가 말했다.

이제 끝내기로 하지 뭐, 그렇게 말하고 오스카가 베란다를 열자 상처를 파고드는 듯한 차가운 바람이 불어왔다. 나는 심장을 얼어붙게 할 만큼 신선했던 그 바람을 기억 속에 떠올렸다.

다들 벌거벗고 축 늘어진 방으로 밥의 애인 타미라는 여자가 들어와 밥에게 달려들어 두들겨 팼고, 그걸 말리려던 케이와 한바탕 싸움을 벌였다. 타미의 오빠는 유명한 야쿠자고, 타미가 그 사무실로 달려가려 하자 어쩔 수 없이 그녀의 친구 리리에게 설득하게 하려고 이곳으로 데려왔다. 조금 전까지 타미는 소파에 걸터앉아 죽여버리겠다며 이를 갈았다. 허릿살에 케이의 손톱자 국이 선명하다.

"요코다가 누군지도 모르는 애송이는 데리고 오지 말라고 했 잖아? 내가 없었으면 어쩔 뻔 했어? 류도 그냥은 넘어가지 못해, 타미 오빠 정말로 무서운 사람이야."

"아, 미안해, 리리, 기분 상하지 마."

"이제 됐어, 어차피 내일 또 할 거면서. 그런데 우리 웨이터가 요코스카 앤데 메스칼린(mescaline, 선인장에서 추출한 환각제. 중독되면 일시 적으로 감각을 잃게 되고, 색채 환시를 일으킨다) 안 살 거냐고 묻더라. 류, 어 떡해? 하고 싶지?"

"얼만데, 캡슐?"

"그걸 잘 모르겠어. 5달러라고 하는데, 사줄까?"

리리는 음모까지 머리카락과 같은 색깔로 물들였다. 여기 털 에 물들이는 약은 일본에 없어, 주문해서 부쳐 받은 거야, 덴마크 에서.

눈 위까지 내려온 내 머리카락 사이로 천장의 전구가 보인다.

"저기, 류 꿈꿨어."

왼손으로 내 목을 감고 말한다.

67

"공원에서 내가 말을 타더라는 거잖아? 지난번에 들었어."

조금 솟아나기 시작하는 리리의 눈썹을 혀로 더듬는다.

"아냐, 다른 꿈이라니까, 공원 다음 편. 우리 같이 바다로 가는 거야, 깨끗한 해변으로. 아주 넓은 백사장인데 류하고 나뿐이야. 둘이서 헤엄을 치기도 하고 백사장에서 노는데 바다 저편에 도시가 보여, 멀어서 잘 안 보여야 하는데도 사는 사람의 얼굴까지 보이니까, 꿈이 맞아. 처음에 축제가 벌어져, 그 도시에서, 어느 외국의 축제. 그렇지만 조금 있다 전쟁이 시작돼, 그 도시에서 쾅, 쾅, 대포소리가 울려. 진짜 전쟁, 먼 곳인데도 군대와 전차가 보여. 백사장에서 둘이 그것을 보는 거야, 류하고 내가 멍하니, 아, 저건 전쟁이야, 하고 류가 말하기에 나도 그러냐고 하면서."

"묘한 꿈을 꾸었네, 리리."

침대가 눅눅하다. 베개에서 튀어나온 깃털이 목을 찌른다. 하나를 빼내서 그걸로 나는 리리의 허벅지를 간질인다.

방은 어두컴컴하다. 부엌 쪽에서 희미하게 불빛이 스며든다. 리리는 매니큐어를 닦아낸 그 작은 손을 내 가슴에 올려놓은 채 다시 잠들었다. 차가운 숨결이 겨드랑이에 닿는다. 천장에 매달린 타원형 거울에는 벌거벗은 우리 모습이 비친다.

어젯밤, 섹스를 한 다음 리리는 하얀 목을 그르릉 울리며 또 주사를 맞았다.

양이 점점 많아져, 이제 슬슬 줄이지 않으면 중독되고 말 거야.

남은 양을 확인하며 그렇게 말했다.

리리가 내 위에서 몸을 바르르 떨 때, 리리가 꿈 이야기를 해주기도 해서 나는 그 여자 얼굴을 떠올렸다. 리리의 가느다란 허리가 빙글빙글 도는 것을 바라보면서.

해가 떨어지는 드넓은 농장, 빙 둘러 친 철조망 아래서 구멍을 파는 비쩍 마른 여자 얼굴. 젊은 병사가 총검을 들이댄 가운데 포도가 가득 든 통 옆에서 고개를 숙인 채 삽으로 땅을 파는 여자 얼굴. 손등으로 얼굴에 달라붙은 머리카락 위로 땀을 걷어 올리는 여자 얼굴. 신음하는 리리를 보노라니 그런 여자 얼굴이 떠올랐다.

눅눅한 공기가 부엌 쪽에서 흘러들어 온다.

비가 내리는 걸까. 창으로 보이는 바깥 풍경이 뿌연 우유색이다. 현관문이 살짝 열렸다는 것을 알았다. 어제는 둘 모두 흠뻑 취해 닫는 것도 잊고 잠들었는지 모른다. 하이힐 한 짝이 부엌 바닥에 구른다. 뾰족한 굽이 옆으로 비어져 나왔고 발끝을 감싼 딱딱한 가죽 곡선은 여자의 일부분처럼 매끄럽다.

바깥으로 통하는 좁은 문 틈으로 리리의 노란색 폭스바겐이 보인다. 차체에 피부에 돋는 소름 같은 빗방울이 맺혔고, 무거워진 물방울이 겨울벌레처럼 천천히 아래로 떨어진다.

사람이 그림자처럼 지나간다. 자전거를 밀고 파란 제복 차림의 우체부가, 가방을 맨 초등학생 몇 명이, 키 큰 미국 사람이 그레이트 데인(Great Dane, 덴마크 계 사냥견의 일종)을 데리고 좁은 틈을 스쳐간다.

리리가 크게 숨을 들이쉬고 몸을 뒤집는다. 낮게 신음하며 몸에 걸친 가벼운 담요를 바닥에 떨어뜨린다. 등에 머리카락이 S자형으로 달라붙었다. 폭 팬 허리에 땀이 고였다.

바닥에 리리의 어제 속옷이 떨어져 있다. 카펫 저 멀리 담뱃불이 떨어져 탄 흔적처럼 작고 동그랗게 말려 있다.

일본인 부인이 검은 가방을 메고 열린 문을 통해 안을 둘러보았다. 회사 로고가 든 모자를 썼다. 감색 상의 어깨가 젖은 것으로 보아 가스검침 아니면 전기검침이리라. 눈에 익은 이 방에 내가 있는 것을 보고 무슨 말을 하려다 말고 바깥으로 나갔다. 벌거 벗은 채 담배를 피우는 나에게 다시 한 번 눈길을 던지더니 고개를 갸우뚱하면서 오른쪽으로 가버렸다.

틈이 조금 넓어졌다. 손을 펼쳐 이야기를 나누며 초등학생 여자애 둘이 지나간다, 빨간 고무장화. 군복 차림의 흑인 병사가 가드를 피해 슛을 날리는 농구선수 흉내를 내며 물웅덩이를 피해 폴짝 뛰면서 달려간다.

리리 차 건너편에 검은 벽의 작은 집이 있다. 여기저기 페인트 칠이 벗겨졌고, 오렌지색으로 'U-37'이라고 적혔다.

그 검은 벽을 보고 가느다란 비가 내린다는 것을 안다. 지붕 위에 회색 물감을 몇 번 덧칠한 듯 무거운 구름으로 덮인 하늘이 보인다. 한정된 사각형 시야 속에서 그 하늘 부분만이 가장 밝다.

두터운 구름은 열을 머금었다. 공기를 적시고 나와 리리의 몸에서 땀을 끌어낸다. 그래서 눅눅하게 젖은 주름진 시트.

검고 가느다란 선이 좁은 하늘을 비스듬히 달린다.

아마도 전선이나 나뭇가지가 아닐까 했는데 빗줄기가 굵어지면서 금방 시야에서 사라져버렸다. 길을 가는 사람들이 서둘러 우산을 펼치기 시작했다. 젖은 길에 금방 물웅덩이가 생기더니 파문을 일으키며 점점 몸집을 불려간다. 흰색 큰 차가 빗물을 튀기면서 좁은 도로를 가득 채운 채 천천히 나아간다. 그 안에는 외국인 여자가 둘, 하나는 룸미러를 보며 머리에 덮은 그물의 위치를 조정하고, 운전하는 여자는 앞 유리창에 코를 박듯 하고 앞을 살핀다.

둘 다 가루가 날릴 정도로 짙게 처발랐다.

여자애가 아이스크림을 핥으며 지나가다가 다시 되돌아와 안을 엿본다. 머리에 착 달라붙은 부드러운 황금색 머리카락. 부엌 의자에 걸린 리리의 타월을 집어들고 아이가 몸을 닦기 시작한다. 아이스크림이 묻은 손가락을 빨다가 재치기를 한다. 그리고 얼굴을 들어 올리다 나의 존재를 알아차렸다. 담요로 몸을 가리며 나는 손을 흔들었다. 여자애는 미소 지으며 바깥을 손가락으로 가리켰다. 나는 손가락을 입에 대고 쉿, 했다. 리리를 보고 머리를 기울이면서 손바닥을 아래에 대고 잠들었다는 시늉을 해보였다. 그러니까 조용히, 다시 한 번 손가락을 입에 대고 웃어주었다. 여자애는 아이스크림 든 손을 바깥으로 향하고 뭐라고 말하려 했다. 나는 손바닥을 위로 하고 눈길을 위로 던지며 비가 온다는 시늉을 했다. 여자애는 젖은 머리카락을 흔들며 고개를 끄덕인다. 그리고 바깥으로 달려 나가 흠뻑 젖어서 돌아왔다. 물방울이 뚝뚝 떨어지는 브래지어를 들고.

"리리, 비 와. 빨래 말리는 거 있어? 일어나, 리리, 비 와."

리리는 눈을 비비며 일어나 담요로 가슴을 가리고 여자애를 보더니, 아, 샤리, 어쩐 일이야? 하고 말했다.

여자애는 들고 온 브래지어를 던지더니,

"레이니" 하고 큰소리로 외치고는 내 눈을 바라보며 웃었다.

항문에 달라붙은 밴드를 스윽 벗겨내도 모코는 눈을 뜨지 않았다.

　레이코는 부엌 바닥에 담요를 돌돌 만 채 굴렀고, 침대 위에는 케이와 요시야마, 카즈오는 니코마트를 단단히 잡은 채 스테레오 옆에서, 모코는 카펫에서 베개를 끌어안고 엎드려 잠들었다. 벗겨낸 밴드에는 엷게 피가 배었고 고무호스 같은 모코의 항문이 호흡에 맞춰 열렸다 닫혔다를 반복한다.

　등을 흠뻑 적신 땀, 거기서 성기에서 나오는 점액과 같은 냄새가 났다.

　모코는 한쪽만 붙은 속눈썹 달린 눈을 뜨며 웃었다. 내가 엉덩이에 손을 집어넣자 몸을 반쯤 뒤집으며 신음한다.

너 비가 와서 다행인 줄 알아, 비는 상처에 좋아, 비가 오면 별로 안 아프다니까.

모코의 사타구니는 진득진득했다. 부드러운 티슈로 닦아주고 손가락을 집어넣자 벌거벗은 엉덩이가 위로 떠오른다.

케이가 눈을 뜨고 묻는다. 너, 어제 그 창녀 집에서 잤어?

멍청이, 창녀가 뭐야, 그런 여자 아니라니까.

허공을 오가는 날파리를 손으로 잡아채며 말했다.

아무렴 어때, 류, 병 안 걸리게 조심해, 잭슨이 그러던데, 이 부근에 오가는 놈들 엄청나대, 거의 썩어 문드러질 지경이라고. 케이는 팬티만 걸치고 커피를 타고, 모코가 담배 하나 줘, 박하 살렘Salem, 하고 손을 뻗는다.

모코, 이거 샐렘이야, 살렘이 아니고, 카즈오가 일어나 모코를 가르친다.

요시야마가 눈을 비비며 부엌에 있는 케이에게, 내 건 우유 넣지 마, 하고 큰소리로 외치고, 모코의 엉덩이에 손가락을 집어넣은 채 있는 나를 향해 말했다.

"어제 너희들이 위에서 지랄할 때 나 스트레이트플러시 터뜨렸어. 진짜라니까, 하트 스트레이트플러시, 그렇지 카즈오, 네가 봤잖아."

　카즈오는 아무 대답도 하지 않고 스트로브가 어디 가버렸어, 누가 숨긴 거 아냐? 하고 잠을 덜 깬 목소리로 말했다.

잭슨은 지난번처럼 또 나한테 화장을 하라고 한다. 그때 나는 페이 더너웨이(Faye Dunaway, 미국의 영화배우)가 놀러 온 줄 알았어, 류.

사부로가 프로 스트리퍼에게서 받았다는 은색 네글리제를 입는다.

오스카의 방에 모이기 전에 낯선 흑인이 찾아와서 정체 모를 캡슐을 100정 가까이 두고 갔다. 잭슨에게 MP 아니면 후생성의 G맨이 아닐까, 했더니 고개를 젓고 웃으면서, 그린 아이스야, 하고 말했다.

녹색 눈이었지? 아무도 진짜 이름 몰라, 옛날에 고등학교 선생이었다는 말을 들었는데 진짠지는 잘 몰라. 그린 아이스는 미친놈이야, 어디 사는지 가족은 있는지, 다만 놈은 우리보다 훨씬 오래 됐어, 아주 오래전부터 일본에 있었던 것 같아. 찰리 밍거스 (Charlie Mingus, 밥과 하드 밥 그리고 포스트 밥 시대의 명 베이스 연주자 찰스 밍거스 Charles Mingus의 본명) 닮았지? 류 소문을 듣고 왔을 거야, 너한테 뭐라고 했어?

그 흑인은 아주 겁먹은 표정이었다. 이거 줄게 너한테, 하고 방을 이리저리 둘러보고는 도망치듯이 가버렸다.

벌거벗은 모코를 보고도 얼굴색 하나 변하지 않고, 좀 놀다가 가라고 케이가 말을 걸어도 입술을 떨기만 할 뿐 아무 말도 하지 않았다.

언젠가 너도 검은 새를 볼 수 있을 거야, 아직 보지 못했을 테지, 네게도 검은 새가 보일 거야, 그런 눈이니까, 나처럼, 그렇게 말하고 내 손을 잡았다.

오스카가 캡슐은 절대로 먹지 마, 언젠가 그린 아이스가 설사약을 나눠 준 적이 있거든, 그러면서 버리라고 했다.

잭슨이 군용 주사기를 소독한다. 나는 위생병이라서 주사 잘 놔. 내가 맨 먼저 헤로인을 맞았다.

류, 춤 춰, 잭슨이 엉덩이를 두드린다.

한없이 투명에 가까운 블루

일어서서 거울을 보니 모코가 완벽한 솜씨로 정성을 들여 화장한 내 모습이 비쳐났다. 사부로가 담배와 장미 조화를 건네주며 음악은 뭘로 해? 하고 물었고, 내가 슈베르트를 틀라고 하자 모두 웃었다.

눈앞으로 달콤한 냄새를 풍기는 안개가 흘러가고 머리가 무겁고 멍해졌다. 손발을 천천히 움직이자 관절에 기름칠을 한 듯, 미끌미끌한 기름이 온몸을 휘감는 느낌이 들었다. 숨을 쉴 때마다 나를 잊어간다. 몸에서 온갖 것들이 하나씩 빠져나가고, 내가 인형 같다는 느낌이 든다. 방은 달콤한 공기로 가득 차고 연기가 폐를 마구 긁는다.

내가 인형이라는 감각이 점점 더 강해진다. 놈들 생각대로 움직이면 된다, 나는 최고로 행복한 노예다. 밥이 에로틱하다고 중얼거리고, 잭슨이 조용히 하라고 말한다. 오스카는 불을 전부 끄고 오렌지색 스포트를 나에게 비춘다. 때로 얼굴이 뒤틀려 무서운 표정으로 바뀐다. 눈을 크게 열고 몸을 떤다. 외치고 낮게 신음하기도 하고, 잼을 손가락에 묻혀 빨고 와인을 홀짝이고 머리카락을 마구 긁으며 웃다가 다시 눈을 치켜뜨고 저주의 말을 쏟아낸다.

짐 모리슨(Jim Morrison, 도어스의 보컬)의 시를 외치듯 읊는다.

"음악이 끝났을 때, 음악이 끝났을 때, 불을 모두 끄는 거야, 형제는 바다 밑바닥에서 살고, 내 여동생은 살해당했어, 생선을 뭍으로 끌어올려 배를 가르듯이 내 여동생은 살해당했어, 음악이 끝나면 불을 다 꺼야 해, 불을 꺼야 해."

쥬네(Jean Genet, 프랑스의 소설가 겸 희곡 작가)의 소설에 나오는 상냥한 사내들처럼 침을 입안에서 휘휘 돌려 하얀 거품으로 만들어 사탕처럼 혀끝에 올리고, 다리를 비비고 가슴을 마구 할퀸다. 허리와 발끝이 끈적거린다. 이는 바람처럼 온몸에 갑자기 소름이 돋아나고 힘이 빠져버린다.

무릎을 꺾고 오스카 옆에 앉았던 흑인 여자의 얼굴을 쓰다듬는다. 땀이 묻은 흑인 여자의 긴 은색 발톱.

사부로가 데려온 퉁퉁 분 듯한 백인 여자가 욕정에 넘쳐나는 눈길로 나를 바라본다. 레이코는 잭슨이 손등에 헤로인 주사를 잘못 놓아 아픈지 얼굴을 찌푸린다. 흑인 여자가 뭘 마셨는지 벌써 취해서 내 겨드랑이에 손을 넣어 일으켜 세우고 자신도 일어서서 춤을 추기 시작했다. 덤이 향로에 다시 해시시를 집어던진다. 보라색 연기가 피어나고 케이가 쭈그리고 앉아 연기를 들이킨다. 나는 코에 달라붙는 흑인 여자의 냄새와 땀 때문에 쓰러질 듯 비틀거린다. 내장이 발효한 것 같은 강렬한 냄새다. 나보다 키가 크고 허리도 굵지만 팔과 다리는 아주 가늘다. 심하다 싶을 만큼 하얗기만 한 이를 드러내고 웃으면서 벌거숭이가 되어 간다. 톡 불거진 하얀 유방은 몸을 흔들며 춤을 추어도 흔들리지 않는다. 내 얼굴을 두 손으로 잡고 혀를 들이민다. 허리를 비비며 네글리제 후크를 열고 땀에 젖은 손으로 배를 쓰다듬는다. 까칠까칠한 혀가 잇몸을 핥으며 돌아간다. 흑인 여자의 냄새에 완전히 휘감겨 나는 토악질을 하려 한다.

케이가 기어와 노출된 내 자지를 잡더니, 똑바로 세워, 류, 똑바로, 하고 말한다. 입가에서 진득한 액체가 턱까지 흘러내리고 이제 내 눈에는 아무것도 보이지 않는다.

온몸을 땀으로 번득이며 흑인 여자가 벌거벗은 나를 핥아댄다. 내 눈을 들여다보고 베이컨 냄새를 풍기는 혀로 허벅지 살을 빤다. 새빨갛게 젖은 눈, 커다란 입으로 끝도 없이 웃어댄다.

내 바로 곁에서는 침대 끝에 손을 댄 모코가 사부로가 쳐올리는 대로 엉덩이를 흔들어댄다. 모두가 바닥을 낮게 기어가며 몸부림치거나 떨면서 온갖 소리를 낸다. 나는 아주 느리게 고동치는 심장을 느낀다. 그 고동에 맞춰 흑인 여자가 잡은 자지도 까딱 까딱 움직인다. 마치 심장과 자지만이 착 달라붙어 움직이고 다른 기관은 모두 녹아버린 것 같다,

흑인 여자는 내 위에 퍼질러 앉았다. 그와 동시에 엄청 빠른 속력으로 엉덩이를 돌리기 시작한다. 얼굴을 위로 치켜들고 타잔처럼 비명을 질러대고, 올림픽 영화에서 본 흑인 창 던지기 선수처럼 거친 숨을 몰아쉬고, 회색 발바닥으로 매트리스에 반동을 주고, 내 엉덩이 아래 긴 손을 집어넣고 세차게 끌어안으면서. 살이 찢어지는 통증을 느끼며 나는 비명을 지른다. 몸을 떼어내려하지만 흑인 여자의 몸은 약을 바른 강철처럼 미끌미끌하고 딱딱하다. 통증을 뒤덮으려는 듯이 몸 중심을 마구 휘젓는 쾌감이 하반신을 치달린다. 소용돌이를 일으키며 머리까지 치솟는다. 발가락이 타는 듯이 아프다. 어깨가 부르르 떨리고 큰 소리를 지르고 싶다. 자메이카 원주민이 좋아하는 피와 기름으로 끓인 스프 같은 것이 목 안쪽을 가득 채워 그것을 토해 내고 싶어진다. 흑인 여자는 크게 숨을 쉬더니 자지를 잡고 깊이 닿은 것을 확인하고는 웃고, 길고 검은 담배를 한 모금 빨아들인다.

향수를 뿌린 검은 담배를 나에게 물려주고 알아들을 수 없는

말로 속사포처럼 나에게 묻더니, 내가 고개를 끄덕이자 얼굴을 들이대고 침을 빨아들이고 다시 엉덩이를 돌리기 시작한다. 여자의 사타구니에서 끈적끈적한 액체가 흘러나와 내 허벅지와 배를 적신다. 회전 스피드가 점점 더 빨라진다. 소리 지르며 리듬을 맞춰준다. 눈을 꼭 감고 머리를 텅 비우고 발가락에 힘을 넣자 핑핑 돌아가는 피와 함께 날카로운 쾌감이 온몸을 치달리다가 관자놀이에 머문다. 한번 깨어나 몸에 달라붙은 쾌감은 절대 바깥으로 빠져나가지 않는다.

불꽃에 덴 피부처럼 관자놀이 뒤편 두개골에 달라붙은 얇은 근육층이 소리를 내며 팔딱거린다. 그 팔딱거리는 리듬을 느끼고 감각을 집중하자 몸 전체가 거대한 자지로 바뀌어버린 듯한 착각이 일어난다. 여자 속에 잠겨 온몸을 뒤틀어서 여자에게 환희를 주는 난장이가 된 느낌이다. 흑인 여자의 어깨를 잡으려 한다. 여자는 엉덩이 돌리는 속도를 조금도 누그러뜨리지 않고 몸을 굽히더니 내 젖꼭지를 피가 나올 만큼 세차게 깨물었다.

잭슨이 노래를 부르면서 내 얼굴에 걸터앉는다. 헤이 베이비, 손바닥으로 볼을 가볍게 치면서. 잭슨의 항문은 거대하고 벌렁 뒤집어져 마치 딸기 같다. 잭슨의 두꺼운 가슴에서 떨어지는 땀이 얼굴에 떨어지고 그 냄새가 흑인 여자의 엉덩이에서 피어나는 자극을 한층 강화한다. 어이, 류, 너 완전히 인형이야, 우리의 노란 인형, 나사를 멈춰 죽여버릴 수도 있어.

노래하듯이 잭슨이 그렇게 말하자 귀를 막아버리고 싶을 만큼 큰 소리로 흑인 여자가 웃는다. 망가진 라디오처럼 큰 소리로 웃는다. 엉덩이를 끝도 없이 돌리면서 웃어대고, 침이 줄줄 배 위에 떨어진다. 잭슨과 여자가 서로 혀를 빤다. 여자 속에서 죽어가는 물고기처럼 자지가 튀어오른다. 몸은 여자에게서 뿜어나오는 열기로 가루를 날릴 만큼 말라간다. 내 메마른 입속에 잭슨이 뜨거운 자지를 밀어넣는다. 달군 돌 같은 것과 마찰하며 혀가 진무른다. 혀를 돌리면서 여자와 같이 주문 같은 말을 쏟아낸다. 영어도 아니다. 의미도 없다. 마치 콩가에서 울리는 리듬 같은 독경이다. 흑인 여자는 내 자지가 경련을 일으키며 사정을 하려 하자 허리를 들어 올리고 내 엉덩이 아래로 손을 집어넣고 항문을 꽉 집더니 손가락을 콱 찔러 넣었다. 내가 눈물을 머금은 걸 보고 더 깊이 넣고 손가락을 돌렸다. 여자의 양 허벅지에 하얀 문신이 보인다. 웃는 그리스도 상이 조잡하게 그려져 있다.

팔딱거리며 떠는 내 자지를 부여잡고 입술이 내 배에 닿을 만큼 깊이 머금었다. 혀로 꽉 누르며 물고 빨고, 까칠까칠한 고양이 같은 혀로 요도를 핥는다. 사정을 하려 하자 혀를 뗀다. 여자 엉덩이가 내 눈앞에 있다. 찢어질 만큼 활짝 벌어져 미끌미끌 땀으로 빛난다. 나는 손을 뻗어 한쪽 엉덩이 살을 손톱이 파고들 만큼 세차게 집었다. 흑인 여자는 신음하며 엉덩이를 좌우로 천천히 흔든다. 퉁퉁 불은 듯 살이 오른 백인 여자가 내 발 아래 앉았다. 옅은 황금색 음모 아래 검붉은 성기가 늘어졌다. 마치 칼로 잘라낸 돼지 간 같다. 잭슨이 거칠게 백인 여자의 거대한 유방을 잡고 내 얼굴을 가리킨다. 하얀 배를 덮은 유방을 흔들며 나를 들여다보고 잭슨의 자지를 머금은 입술을 만지고는, 프리티, 하고 작은 입으로 웃는다. 내 한쪽 발을 잡고 아래쪽에 착 달라붙은 돼지 간에 비빈다. 발가락은 참을 수 없을 만큼 징그러운 감촉에 사로잡히고, 백인 여자에게서 풍겨나는 썩은 게살 냄새에 나는 토하려 한다. 목이 경련을 일으키는 바람에 잭슨의 자지를 살짝 물어버리자 잭슨은 엄청난 소리를 지르며 자지를 빼내고 내 볼을 세차게 친다. 코피가 흐르는 것을 보고 백인 여자가, 어머, 무서워, 웃더니 더 세차게 사타구니를 내 발에 비벼댄다. 흑인 여자가 혀로 피를 핥는다. 야전병원 간호사처럼 상냥하게 웃으며, 이제 그게 올 수 있게 해줄게, 보내줄게, 귓가에다 속삭인다. 오른발이 백인 여자의 거대한 성기에 빠져들기 시작한다. 터진 내 입안으로 잭슨이 다시 자지를 밀어 넣는다. 나는 있는 힘을 다해 토악질을 참는다. 피로 끈적끈적한 혀에 자극받아 잭슨은 미지근한 액체를 토해 버렸다. 가래 같은 끈적끈적한 정액이 목을 메운다. 피와 뒤섞인 그 핑크빛 액체를 힘껏 뱉어내고, 나는 흑인 여자에게 보내줘, 하고 외쳤다.

눅눅한 공기가 얼굴을 쓰다듬는다. 포플러 이파리가 흔들리고 비는 천천히 내린다. 콘크리트와 풀이 차갑게 식어가며 특유의 냄새를 풍긴다.

헤드라이트 불빛에 떠오르는 비는 은색 바늘 같다.

케이와 레이코는 흑인들과 함께 기지 안에 있는 클럽에 갔다. 흑인 댄서 루디아나가 자기 방에 가지 않겠느냐고 나를 유혹한다.

은색 바늘은 점점 굵어지고 가로등 불빛을 반사하는 병원 안마당의 물웅덩이가 더 넓어진다. 바람이 물웅덩이에 파문을 일으키고 희미한 불빛 띠가 가늘게 떤다.

포플러 줄기에 가만히 움츠린 껍질 딱딱한 곤충이 세찬 바람에 날리는 비를 맞고 튕겨 나가더니 물을 거슬러 나아가려 한다. 저런 곤충에게 돌아갈 둥지가 있을까.

가로등에 비친 그 검은 곤충 등이 처음에는 유리 파편인 줄 알았다. 벌레는 돌 위에 기어올라 나아갈 방향을 가늠한다. 안전하다고 생각했는지 풀 속으로 떨어져 내렸다가 풀잎을 쓰러뜨리며 흘러가는 빗물에 휩쓸리고 만다.

비는 온갖 장소에서 튀어올라 온갖 소리를 낸다. 풀과 작은 돌과 흙 위에 빨려들 듯 떨어지며 비는 작은 악기를 연주하는 듯한 소리를 낸다. 손바닥 만한 장난감 피아노에서 나는 것 같은 그 소리가 헤로인의 여운이 만들어내는 귀울림과 겹친다.

여자가 길 위를 달린다. 가방을 손에 들고 맨발로 물방울을 튀기면서. 젖은 스커트가 몸에 달라붙는지 자락을 거머쥐어 펼치고 자동차 바퀴가 튕기는 물세례를 피하면서.

번개가 번쩍이고 비는 더 거세졌다. 내 맥박은 너무 느리고 몸은 아주 차갑다.

베란다에 있는 메마른 전나무, 작년 크리스마스 때 리리가 사온 것이다. 그 꼭대기에 하나 남았던 은박지로 만든 별이 없어졌다. 케이가 춤출 때 써먹었다고 했다. 허벅지가 아프지 않게 뾰족한 부분을 잘라서 거기에 고무를 대고 붙여 스트립할 때 써먹었다고 한다.

차가운 내 몸에서 발가락 끝만이 열기를 띠었다. 때로 그 열기가 천천히 머리끝까지 오른다. 과육을 벗겨낸 복숭아 씨 같은 열기의 핵이 올라오면서 심장과 위와 폐와 성대와 잇몸에 걸린다.

젖은 장소는 상냥하다. 풍경의 윤곽이 빗방울을 머금어 뿌옇고, 사람 목소리와 차 소리는 끝도 없이 떨어지는 은 바늘에 부딪쳐 부드러워진다. 바깥은 나를 빨아들일 듯 어둡다. 마치 몸에서 힘을 빼고 누운 여자처럼 눅눅하고 어둡다.

불을 붙인 담배를 던지자 지면에 닿기도 전에 소리를 내며 꺼져버린다.

"자기, 그때 베개에서 깃털 하나 빼내는 걸 봤거든, 그거 끝난 다음 그걸 빼내서 깃털은 참 부드럽다면서 귀 뒤편하고 가슴을 간질이고 바닥에 버렸잖아, 기억해?"

리리가 메스칼린을 가져왔다. 뭐 했어, 혼자서? 나를 끌어안는다. 베란다에서 비 오는 거 봤어. 내가 대답하자 그런 말을 했다.

내 귓불을 가볍게 깨물고 가방에서 호일에 감싼 파란 캡슐을 꺼내 테이블 위에 내려놓는다.

번개도 치고 비도 내리니까 베란다 문을 닫으라고 내게 말한다.

잠시 비 오는 거 구경한 거야. 어릴 적에 비 오는 거 봤지? 바깥에서 놀지도 못하니까 창으로 비를 보는 거야, 리리, 마음이 아늑해져.

"류, 자기 참 이상한 사람이야, 불쌍해. 눈을 감았을 때도 떠오르는 온갖 것들을 보려 하지 않니? 표현을 잘 못하겠지만 진짜 즐겼다면 그거 하다가 뭔가를 찾거나 생각하지도 않을 거야, 아냐? 자기는 뭔가를 무작정 보려고 해, 마치 기록해 두었다가 나중에 그걸 연구하려는 학자처럼. 어린아이 같아. 실제로 어린애야, 어릴 때는 뭐든 보려고 하잖아? 아기는 낯선 사람을 뚫어져라 보다가 웃기도 하고 울기도 하는데, 지금 남의 눈을 가만히 들여다봐, 금방 돌아버릴 거야. 한번 해봐, 지나가는 사람의 눈을 가만히 들여다봐, 금방 이상해져 버려, 류, 아기처럼 그렇게 보면 안 돼."

리리의 머리카락이 젖었다. 차가운 우유와 메스칼린 한 알을 들이킨다.

"나 딱히 그렇게 생각 많이 하지 않았어, 그냥 많이 즐겼을 뿐이야, 바깥을 보면 아주 기분이 좋아."

타월로 몸을 닦아주고 젖은 상의를 옷걸이에 건다. 레코드 틀까? 리리는 조용한 게 좋다며 고개를 저었다.

"리리, 차 타고 드라이브한 적 있을 거야. 몇 시간 걸려 바다나 화산으로 가는 거야, 아침에 아직 눈이 얼얼할 때 출발해서 도중에 경치 좋은 곳에서 물을 마시기도 하고 점심때는 초원에 앉아 주먹밥을 먹기도 하는 아주 흔해 빠진 드라이브 말이야. 달리는 차 안에서 이런저런 생각을 하잖아? 오늘 출발할 때 카메라 필터가 안 보이던데 어디 두었을까, 어제 낮에 텔레비전에 나왔던 그 여배우 이름이 뭐였더라, 뭐 그런 거. 가방끈이 끊어질 것 같다든지 사고 나면 안 될 텐데라든지, 이제 더는 키가 안 크겠지, 온갖 생각을 다 하잖아? 그러면 그 생각이 차창 밖에서 움직이는 풍경과 겹치는 거야. 집이나 밭이 점점 가까워졌다가 다시 멀어지잖아? 그러면 풍경과 머릿속에 마구 뒤섞여. 정류장에서 버스를 기다리는 사람들이나 비틀거리며 걸어가는 양복 차림의 술 취한 사람이라든지 리어카에 귤을 가득 실은 할머니라든지 꽃밭이나 항구나 화력발전소 같은 거 말이야, 눈에 들어왔다가 금방 사라져버리니까 머릿속에서 먼저 떠올린 것과 뒤섞이고 말아, 이

거 알겠어? 카메라 필터와 꽃밭이나 발전소가 하나가 되어버려. 그래서 나는 멋대로 지금 보는 것하고 생각하던 것을 머릿속에서 천천히 섞어서 꿈이라든지 책이라든지 기억 속을 뒤져서 오랜 시간에 걸쳐 뭐라고 할까, 하나의 사진, 기념 사진 같은 풍경을 만드는 거야. 새롭게 눈에 들어오는 풍경을 하나하나 그 사진 속에 덧붙여서 마지막에는 그 사진 속의 인간들이 말을 하기도 하고 노래를 부르거나 움직이거나 하는 거야, 움직이도록 만들어. 그러면 반드시 무지 커다란 궁전 같은 것으로 변해버리지, 온갖 사람이 모여서 온갖 짓을 벌이는 궁전 같은 것이 머릿속에 만들어져. 그리고 그 궁전을 완성시키고 안을 바라보면 재미있어, 마치 이 지구를 구름 위에서 바라보는 것 같거든, 뭐든 다 있으니까 세상의 모든 것이, 온갖 사람이 있어서 하는 말도 다르고 궁전 기둥 양식도 다양하고 모든 나라의 요리가 있어. 영화 세트보다 더 거대하고 더 정밀해. 온갖 사람들이 있어. 정말 온갖 사람이. 맹인도 있고 거지에다 불구자 광대 난장이 어깨에 금실 장식을 단 장군도 있고 피투성이 병사와 여장을 한 흑인 프리마돈나 투우사 바디빌더라든지 사막에서 기도하는 유목민 같은 사람, 그 모든 사람들이 모여서 뭔가를 해. 그걸 내가 바라보는 거야. 궁전

한없이 투명에 가까운 블루

은 늘 바닷가에 있고 정말 아름다워, 내 궁전이야. 나의 유원지에서 원할 때면 언제든 꿈의 나라로 가서 스위치를 넣어 인형이 움직이는 걸 보는 거나 똑같아. 그렇게 즐길 동안에 차가 목적지에 도착해버리는 거야. 짐을 내리고 텐트를 치고 수영복을 입고 다른 사람이 나한테 말을 걸기도 하는 가운데 고생해서 만든 궁전을 지키느라 고생하는 거야. 다른 사람이, 어이, 여기 물 정말 깨끗하네, 오염되지 않았어, 그런 말을 하면 말짱 황이 되어버리는 거야, 리리도 그런 거 알지? 그때 화산에 갔을 때 말이야, 규슈의 유명한 활화산에 갔을 때, 산꼭대기까지 가서 터져나오는 불똥과 화산재를 보는데 갑자기 궁전을 폭발시켜 버리고 싶은 거야. 아니 화산의 유황 냄새를 맡는 순간 벌써 다이너마이트에 연결한 도화선에 불을 붙여버렸어. 전쟁 말이야, 리리, 궁전이 무너져. 의사가 달려오고 군대가 도주로를 알려주지만 이미 늦었어, 땅바닥이 날아가, 이미 전쟁이 일어나버렸어, 그거 내가 일으켜버렸으니까, 눈 깜짝할 사이에 폐허가 되어버려. 내가 만들어낸 궁전이니까 딱히 아무래도 좋은 거지만 늘 이런 식으로 해왔더랬어, 드라이브할 때, 그러니까 비 오는 날 바깥을 봐 두면 써먹을 데가 있어. 요전에 잭슨과 애들이랑 가와구치 호에 갔을 때 말이야,

나 LSD했었거든, 그때 다시 한 번 궁전을 세우려 했는데 이번에는 궁전이 아니라 도시가 되어버렸어, 도시 말이야. 도로가 몇 가닥 달리고 공원, 학교, 교회, 광장, 송전탑, 공장, 항구, 역, 시장, 동물원, 구청, 도축장이 있는 도시. 그 도시에 사는 한 사람 한 사람 생김새나 혈액형까지 정했지. 나, 이런 생각을 해, 내 머릿속 같은 영화를 누가 만들어주지 않나, 늘 그런 생각을 해. 여자가 유부남을 사랑하게 되고 그 남자가 전쟁터로 가서 외국 아이들을 죽이고 그 아이 어머니가 폭풍 속에서 우연히 남자의 도움을 받고, 여자는 아이를 낳고, 그 여자는 커서 마피아의 정부가 되고, 마피아는 상냥한 사람이었는데 지방 검사가 쏜 총에 맞고 그 지방검사의 아버지는 전쟁 중에 게슈타포였고 마지막에 여자애가 가로수 길을 걸어가고 브람스의 곡이 흘러나오는 그런 영화 말고. 큰 소를 잡아서 요렇게 작은 스테이크를 먹는 거랑 똑같이 말이야. 아, 알아듣기 힘들지도 모르겠네, 뭐 어때, 작은 스테이크라도 역시 소를 먹은 거니까. 내 머릿속의 궁전이나 도시를 잘게 잘라서, 소를 자르듯이, 영화로 만든 것 같은 그런 영화를 보고 싶어, 충분히 만들 수 있을 거야. 커다란 거울 같은 영화가 될 거야. 보는 사람을 전부 비쳐낼 수 있는 커다란 거울 같은 영화가 될 거야, 나,

그 영화 보고 싶어, 그런 게 있으면 꼭 보고 싶어."

"그 영화 첫 장면을 가르쳐줄까? 헬리콥터가 그리스도 상을 나르는 거야, 어때? 괜찮지. 약발이 듣기 시작한 거야, 류, 드라이브 가자, 화산으로 가는 거야, 다시 도시를 만들어서 그걸 얘기해줘, 아마 비가 내리겠지, 그 도시에는. 천둥소리가 나는 도시를 나도 보고 싶어, 응, 갈 거지."

운전은 위험하다고 몇 번이나 말했지만 리리는 아니라고 한다. 키를 잡더니 세찬 빗속으로 뛰어들었다.

눈을 파고드는 네온사인 불빛과 몸을 둘로 갈라버릴 듯한 건너편 차의 헤드라이트, 거대한 물새 울음소리 같은 소리를 내며 추월해 가는 트럭, 갑자기 앞을 가로막고 선 거대한 나무, 아무도 살지 않는 길가의 폐허가 된 집, 뭔지 모를 기계가 나란히 서서 굴뚝에서 불을 뿜어내는 공장, 용광로에서 흘러나오는 쇳물처럼 보이는 구불구불한 길.

살아 숨 쉬는 생물처럼 울면서 구불구불 흘러가는 어두운 강, 도로 옆에서 춤을 추듯 바람에 흔들리는 키 큰 풀, 철조망에 감싸여 증기를 뿜어내며 떨고 신음하는 변전소, 그리고 미친 듯 웃는 리리와 바라보는 나.

모든 것이 스스로 빛난다.

빗속에서 증폭된 빛이 만들어내는 그림자는 잠든 집들의 하얀 벽에 괴물이 이를 드러낸 듯 창백하게 비쳐 우리를 놀라게 한다.

아마도 땅속에 잠긴 거야, 거대한 터널이야, 여기는, 별도 보이지 않고 지하수가 떨어지잖아. 서늘해, 뭔가가 갈라진 틈이야, 낯선 생물들만 보여.

도로를 구불구불 기고 급정지를 반복하면서 어디를 달리는지 우리는 모른다.

불을 한껏 밝히고 소리 지르며 솟구친 변전소 앞에서 리리는 차를 멈추었다.

커다란 코일이 소용돌이처럼 감긴 철망. 가파른 절벽 같은 철탑을 올려다본다.

아마 여기는 재판소야, 리리는 그렇게 말하고 웃기 시작하더니 불빛 속에서 변전소를 둘러싸고 넓게 펼쳐진 밭을 바라본다. 바람에 흔들리는 토마토 밭.

이거 바다네.

토마토는 비에 젖은 어둠 속에서 오로지 붉다. 크리스마스 때

나무나 창가에 장식된 작은 전구처럼 토마토는 점멸한다. 불꽃을 튀기며 흔들리는 무수한 붉은 열매가 마치 어두운 심해에서 헤엄치며 빛나는 이를 가진 물고기 같다.

"저거 뭐야?"

"토마토잖아, 그런데 토마토 같지가 않아."

"이건 바다야, 한 번도 가보지 못한 외국의 바다야. 뭔가 떠 있어, 그 바다에."

"아마 기뢰가 아닐까, 들어가면 안 돼, 지키려는 거야. 저기에 닿으면 폭발해서 죽고 말아, 바다를 지키려는 거야."

밭 저편에 건물이 보인다. 옆으로 길게 누운 것이 학교 아니면 공장이리라.

번개가 쳐 차 안에 하얀 불꽃이 가득 차자 리리는 비명을 지른다. 빗속에 드러난 다리에 소름이 돋고 핸들을 흔들며 이를 닥닥닥 마주친다.

그냥 번개야, 안심해, 리리.

무슨 말하는 거야, 리리는 외치면서 갑자기 문을 열어젖힌다. 괴물의 비명이 차 안으로 밀려든다.

나, 바다에 들어갈 거야, 여긴 숨이 막혀, 손 놔, 놓으라니까.

금방 흠뻑 젖어버린 리리가 세차게 문을 닫는다. 앞 유리창으로 머리카락을 날리며 리리가 가로지른다. 보닛에서 핑크색 연기가 하늘로 오르고 헤드라이트가 비추는 도로에서 수증기가 피어오른다. 리리는 유리 저편에서 이를 드러낸 채 뭐라고 외친다. 저기가 정말로 바다일지도 모른다. 리리는 발광하는 심해어다.

리리가 손짓한다. 언젠가 꿈에서 보았던 새하얀 공을 쫓아가는 소녀와 똑같은 표정과 몸짓으로.

와이퍼가 유리를 긁는 소리에 인간을 물고 녹여버리는 거대한 조개를 떠올린다.

닫힌 금속의 방, 하얀 시트는 그 거대한 조갯살처럼 미끌미끌하고 부드럽다.

주름진 살이 떨리고, 강렬하고 시큼한 냄새를 풍기며 나를 감싸 녹여버린다.

빨리 와, 거기 있다가는 녹아버려.

리리는 밤 속으로 들어간다. 벌린 손은 지느러미, 몸을 적시는 빗방울은 빛나는 비늘이다.

나는 문을 열었다.

바람은 땅바닥이 떨며 소리를 내는 것처럼 웅웅거린다. 유리

없이 바라보는 토마토는 붉지 않았다. 해가 질 때 구름 조각들을 물들이는 그 독특한 오렌지색에 가까웠다. 진공 유리상자를 치달리며 눈을 감아도 망막에 박히는 희멀건 오렌지색.

나는 리리의 뒤를 쫓는다. 팔에 닿는 토마토 잎에 조그만 털이 붙었다.

리리가 토마토를 짓이긴다. 저기, 류, 이거 봐, 전구 같잖아, 빛이 나. 나는 달려가서 그걸 받아들어 하늘로 던진다.

리리, 엎드려, 저거 폭탄이야, 엎드려. 리리는 큰 소리로 웃고 우리는 바닥에 쓰러진다.

바다에 빠진 것 같아, 너무 조용해서 무서워. 류, 네 숨소리가 들려, 내 숨소리도.

여기서 바라보는 토마토도 작게 숨을 쉰다. 우리의 숨과 뒤섞여 줄기 사이를 안개처럼 움직이며 나아간다. 물 머금은 검은 흙 속에는 피부를 자극하는 풀 조각, 잠자는 몇만 마리 작은 벌레가 있다. 그들의 숨결이 땅속 깊은 곳에서 여기까지 닿는다.

저것 봐, 아마 학교일 거야, 수영장이 보여.

회색 건물은 소리와 물기를 빨아들이고 우리를 부른다. 어둠 속에 떠오른 학교 건물이 긴 동굴 끝 황금색 출구 같다. 진흙이 엉겨붙어 무거워진 몸을 끌고, 너무 익어 그냥 떨어져버린 토마토를 짓이기며 우리는 밭을 가로질렀다.

건물 처마 아래로 들어가 비와 바람을 피하는데 하늘에 뜬 비행선 그림자 안에 든 듯한 느낌이 들었다. 너무 조용해서 한기가 들었다.

드넓은 운동장 끝에 수영장이 있고 그 주변에 꽃이 심어졌다. 썩어버린 시체에서 피어나는 발진처럼, 불어나는 암세포의 혈장처럼 꽃이 피었다. 하얀 천처럼 흔들리는 벽을 배경으로 땅바닥에 떨어지기도 하고 갑자기 바람에 날려 오르기도 하면서.

나 추워, 시체가 된 것 같아.

리리는 몸을 떨면서 차로 돌아가자고 나를 끌어당긴다. 창 너머로 바라보는 교실은 우리의 소멸을 준비하는 것 같다. 규칙적으로 늘어선 책상과 의자는 무명전사의 공동묘지 같다. 리리는 고요에서 도망치려 한다.

나는 운동장를 대각선으로 가르며 전력 질주했다. 뒤에서 리리가 외친다.

돌아와, 제발, 가면 안 돼.

나는 수영장을 둘러싼 철조망 앞까지 가서 기어오르기 시작했다. 거기서 내려다보는 수면은 프로그램이 끝나버린 텔레비전 화면처럼 물결과 파문을 교차시키며 번개를 반사하고 빛난다.

자기 지금 뭐하는지 알아? 돌아와, 죽을 거야, 그러면 죽을 거야.

두 팔로 몸을 감싸고 다리를 꼬고 선 채 리리가 운동장 한가운데서 외친다.

나는 탈주병처럼 긴장한 채 수영장 옆으로 뛰어내려 수만 개의 파문을 일으키며 반투명 젤리처럼 펼쳐진 물 속으로 뛰어들었다.

번개가 핸들을 잡은 리리의 손을 비춘다. 파아란 선이 투명한 피부에 파묻혔고 흙이 잔뜩 묻은 팔에 물방울이 구른다. 구부러진 금속 튜브 같은 도로, 차는 기지의 철조망을 따라 달린다.

"아, 깜빡 잊었네."

"뭘?"

"머릿속 도시에 비행장을 만들어야 한다는 걸 잊어버렸어."

리리의 머리카락이 진흙을 매달고 몇 가닥 덩어리로 뭉쳤다. 새파랗게 질린 얼굴, 파란 혈관이 목을 달리고 어깨에는 온통 소름이 돋았다.

앞유리창을 구르는 물방울이 여름날의 동그란 벌레 같다.

리리는 액셀과 브레이크를 자주 헷갈리고, 그때마다 새하얀 발을 뻣뻣하게 펴기도 하고 퍼뜩 제정신을 차리며 세차게 고개를 젓기도 했다.

"저기, 도시가 거의 다 만들어졌어, 그런데 이거 바닷속 도시야. 비행장을 어떻게 할까, 리리, 좋은 아이디어 없을까."

"이제 그런 바보 같은 말은 하지 마, 무서워, 빨리 집에 가고 싶어."

"리리, 진흙을 털어냈어야 했어, 그거 말라서 기분 안 좋지? 수영장 물이 아주 깨끗하더라니까, 물이 번쩍번쩍 빛나고. 그때 바닷속 도시를 만들자고 했지."

"그만두라고 하잖아, 류, 지금 어딘지 말해줘. 어디를 달리는지 모르겠어, 잘 보이지도 않고, 좀 정신 차리고 생각해 봐. 죽을지도 몰라, 나 아까부터 죽는다는 생각밖에 안 들거든. 어디야, 류, 우리 지금 어디 있는지 말해줘."

갑자기 금속적인 오렌지색 불빛이 차 안에서 폭발하듯이 번쩍했다. 리리는 사일렌 같이 소리 지르고 핸들을 놓아버린다.

다급하게 사이드브레이크를 잡아당기자 차는 비명을 지르면서 옆으로 미끄러져 철조망을 치고 전봇대를 들이받고 멈춰 섰다.

아아 비행기다, 저기 봐, 비행기야.

활주로에는 온갖 빛이 가득했다.

탐조등이 빛의 다발로 돌아가고 건물의 창이란 창은 모두 반짝이고 등거리로 늘어선 유도등이 점멸한다.

제트기는 천지를 울리는 굉음을 울리며 반짝반짝 잘 닦인 활주로 끝에 서 있다.

높은 탑 위에 세 대의 탐조등이 있다. 공룡의 모가지 같은 빛기둥이 우리를 통과하고는 멀리 산들을 비춘다. 빛다발이 드러내는 저편 비 내리는 한 덩어리 공간이 한순간 하나로 응고하더니 빛나는 은색 방이 된다. 가장 강렬한 탐조등이 일정한 장소를 비추며 천천히 돌아간다. 우리 쪽에서 조금 떨어져 안쪽으로 갈라져 들어간 작은 선로 위를 일정한 간격으로 비추며 돌아간다. 우리는 아까의 충돌로 정신을 잃고 태엽을 감으면 일정한 방향으로 움직이는 싸구려 로봇처럼 차에서 나와 땅을 뒤흔드는 제트기 폭음 속을 뚫고 그 선로까지 걸어갔다.

빛은 지금 반대쪽 산 중턱을 비춘다. 거대한 오렌지색 원이 밤의 껍질을 하나하나 벗겨간다. 온갖 것들에 달라붙어 모든 것을 감싸버리는 밤을 아주 간단히 벗겨버린다.

리리는 신발을 벗었다. 진흙이 잔뜩 묻은 신발을 철조망을 향해 집어던졌다. 빛이 바로 옆의 숲을 달려간다. 잠든 새들이 놀라서 날아오른다.

이제 금방이야, 류, 무서워, 이제 금방이야.

철조망이 금색으로 도드라지고 가까이서 보는 라이트는 빛이라고 하기보다는 벌겋게 달아오른 철봉 같았다. 빛의 원이 바로 앞으로 다가온다. 지면에서 수증기가 피어오른다. 흙과 풀과 선로가 녹은 유리처럼 하얗게 변한다.

리리가 먼저 그 안으로 들어갔다. 이어서 나도. 한순간 아무것도 들리지 않는다. 몇 초가 지난 다음 견디기 힘든 통증이 귀를 때렸다. 뜨거운 바늘이 찌르는 것 같다. 리리는 귀를 감싸며 뒤로 넘어졌다. 가슴으로 탄 냄새 덩어리가 파고든다.

비가 피부를 찌른다. 냉동고에 매달린 채 얼어붙어 껍질이 다 벗겨진 내 살에 철봉이 관통하듯이 비가 피부를 찌른다.

리리는 땅바닥에서 뭔가를 찾는다. 전장에서 안경을 잃은 근시 사병처럼 미친 듯이 바닥을 더듬는다.

무엇을 찾는 것일까.

두껍게 내려 깔린 구름, 끝도 없이 떨어져 내리는 비, 벌레들이 쉬는 풀밭, 회색 기지, 기지를 비추는 젖은 도로, 그리고 파도처럼 흔들리는 공기, 거대한 불꽃을 토하는 비행기가 그 모든 것을 지배한다.

천천히 활주로를 미끄러지기 시작했다. 지면이 떨린다. 거대한 은색 금속은 서서히 스피드를 올린다. 옥타브 높은 소리를 내며 공기를 불태우는 듯한 느낌이다. 우리 바로 앞에서 동체 곁에 붙은 더 거대한 네 개의 동체가 푸른 불꽃을 토한다. 중유 냄새와 함께 돌풍이 나를 날려버린다.

얼굴을 뒤틀며 나는 바닥에 나뒹군다. 뿌연 눈으로 있는 힘을 다해 보려 한다. 비행기의 희멀건 배가 떠오르는가 싶더니 눈 깜짝할 사이에 구름 속으로 빨려들어갔다.

리리가 나를 본다. 이 사이에 하얀 거품이 보이고 볼을 깨물었을까, 피가 흐른다.

저기, 류, 도시는 어떻게 됐어?

비행기는 공중에 정지한 듯이 보였다.

백화점 천장에서 와이어에 매달린 장난감처럼, 그때 비행기는 멈춘 듯이 보였다. 우리 쪽이 무서운 기세로 비행기에서 멀어지는 것이라는 생각이 들었다. 내 발 아래 펼쳐진 지면과 풀과 선로가 아래 쪽으로 뚝 떨어졌다고 생각했다.

저기, 도시는 어떻게 됐어?

리리는 도로에 드러누운 채 그렇게 물었다.

호주머니에서 립스틱을 꺼내 입고 있는 옷을 뜯어버리고 몸에 바르기 시작한다. 웃으면서 배와 가슴과 목에 빨간 선을 그린다.

나는 오로지 중유 냄새 말고는 아무것도 없는 머리로 깨닫는다. 도시 같은 건 아무데도 없다.

축제 때 미친 듯이 춤추는 아프리카 여자처럼 립스틱으로 얼굴에 문양을 그려 넣는 리리.

저기, 류, 나를 죽여줘, 뭔가 이상해, 네가 죽여줬음 좋겠어.

눈에 눈물을 매달고 리리가 외친다. 우리는 튕겨났다. 철조망에 몸을 부딪친다. 어깨살에 뾰족한 침이 박힌다. 나는 몸에 구멍을 뚫고 싶다. 중유 냄새에서 해방되고 싶다, 오로지 그것만을 생각했다. 그것만을 생각하다 보니 다른 건 모두 잊었다. 지면을 기어가며 리리가 나를 부른다. 다리를 벌리고 바닥에 빨갛게 달라붙어 죽여 달라고 외쳐댄다. 나는 리리에게 다가갔다. 리리는 격렬하게 몸을 떨면서 소리를 지르며 울어젖혔다.

빨리 죽여줘, 빨리 죽여. 나는 빨간 줄이 그어진 목을 잡았다.

그때 시공의 끝자락이 빛났다.

파란 섬광이 한순간 모든 것을 투명하게 드러냈다. 리리의 몸에도 내 팔에도 기지도 산들도 하늘도 다 드러나 보였다. 그리고 나는 투명해진 그것들 저편을 달리는 한 줄기 곡선을 보았다. 지금까지 본 적이 없는 형태의 곡선, 하얀 기복起伏— 부드러운 커브를 그리는 하얀 기복이다.

류, 자기가 아기라는 거 알지? 역시 자기는 아기야.

나는 리리의 목을 잡은 손을 놓고 리리의 입 안에 고인 하얀 거품을 혀로 핥았다. 리리가 내 옷을 벗기고 안는다.

어딘가에서 흘러나온 무지개색 기름이 우리 몸에서 좌우로 갈라졌다.

아침 일찍 비가 그쳤다. 부엌 창, 뿌연 유리가 은색으로 빛난
다.

따스해지는 공기 냄새를 맡으며 커피를 타는데 갑자기 현관문
이 열렸다. 땀 냄새 물씬 풍기는 제복으로 두꺼운 가슴을 감싸고
하얀 띠를 어깨에서 늘어뜨린 세 명의 경찰관이 나타났다. 놀라
서 사탕을 바닥에 떨어뜨리는 나에게 젊은 경찰관이 말한다.

너희들 여기서 뭘 하고 있어?

다른 두 명이 멍하니 선 나를 밀치고 방 안으로 들어왔다. 케
이와 레이코가 자는 것을 보고서도 베란다 문 앞에 팔짱을 끼고
서서 난폭하게 커튼을 열어젖혔다.

케이가 그 소리와 강렬한 햇살에 벌떡 일어났다. 역광 속의 경

찰관이 너무 거대해 보였다.

현관 앞에 섰던 나이 들고 뚱뚱한 남자가 흩어진 신발을 발끝으로 치우고 천천히 올라섰다.

어이, 영장은 없지만 말이야, 그렇다고 뭐 불만 있어? 자네 방인가? 그렇지?

내 팔을 잡고 주사자국을 조사한다.

너 학생이야? 뚱뚱한 남자의 손가락은 짧고 손톱이 더럽다. 그리 세차게 잡은 것 같지도 않은데 나는 그 손을 떨쳐내지 못한다.

아침 햇살 속에서 무작정 내 팔을 거머쥔 남자의 손을 나는 태어나서 처음 보는 무슨 희귀한 물건처럼 바라보았다.

거의 벌거숭이나 다름없었던 방 안 사람들이 서둘러 옷을 입기 시작했다. 젊은 두 경찰관이 얼굴을 마주하고 속닥거린다. 돼지우리, 마리화나, 그런 말이 들렸다.

빨리 입어, 어이, 너도 바지 입고.

케이는 팬티 차림으로 입을 비죽 내밀며 뚱뚱한 경찰관을 노려보았다. 요시야마와 카즈오는 험악한 표정으로 창가에 서서 눈을 비비다가 경찰관에게 주의를 받고 라디오를 껐다. 레이코는 벽 앞에서 핸드백을 마구 뒤져 헤어 브러시를 꺼내서는 머리를 빗는다. 안경 낀 경찰관이 핸드백을 빼앗아 테이블에 내용물을 쏟아낸다.

어, 뭐하는 거야, 그만두지 못해.

레이코가 작은 소리로 항의하자, 어허, 하며 그냥 무시해버린다.

모코는 벌거벗은 채 침대에 늘어져 일어날 생각도 하지 않는다. 땀에 젖은 엉덩이를 그냥 드러낸 채였다. 젊은 경찰관이 모코의 엉덩이 사이로 비어져 나온 검은 털을 지그시 바라본다. 나는 모코에게 다가가 일어나라며 어깨를 흔들고 담요를 덮어주었다.

너, 바지 입어, 뭐야 그 눈은, 엉? 케이는 뭐라고 낮게 중얼거리고 고개를 돌렸지만 카즈오가 청바지를 던져주자 혀를 차면서 발을 밀어 넣는다. 케이는 목을 푸르르 떤다.

세 사람은 허리에 손을 올리고 방을 둘러보고는 재떨이 안을 가볍게 살펴본다. 모코가 겨우 눈을 뜨고, 아니, 뭐야, 이 사람들 뭐야? 하고 꼬인 혀로 묻자 경찰관이 웃는다.

너희들, 너무 멋대로 구는 거 아냐, 이러면 곤란해, 대낮부터 벌거벗고 어슬렁거리고 말이야, 너희들은 아무렇지도 않을지 모르지만 불편한 사람도 있다는 걸 알아야지, 너희들하고는 달라.

나이 든 경찰관이 베란다 문을 연다. 샤워 물줄기 같은 먼지가 날아오른다.

아침 거리는 뿌옇게 탁해 보인다. 길을 달리는 차의 범퍼가 번쩍이는데 속이 뒤집어져 토악질이 올라온다.

이 방 안에서 경찰관은 우리보다 한 뼘은 더 커 보인다.

"저, 담배 피워도 돼요?"

카즈오가 묻자 안경 낀 놈이 안 돼, 하고 손가락에 낀 담배를 빼앗아 갑에 넣어버린다. 레이코가 모코에게 팬티를 입힌다. 모코는 새파랗게 질려 떨면서 브래지어 후크를 건다.

솟구치는 토악질을 참으며 내가 물었다.

"무슨 일로 그러세요?"

세 사람은 얼굴을 마주하고 소리 내어 웃었다.

무슨 일이라니, 너 말 잘했다, 잘 들어. 사람 보는 앞에서 엉덩이 드러내고 그러면 안 되는 거야, 너희들은 잘 모를지도 모르겠지만 개하고는 다르잖아.

너희들도 가족 있지? 그렇게 다니는데 아무 말도 안 해? 아무렇지도 않아, 엉? 우리 다 알아, 아무렇지도 않게 상대를 바꿔가며 한다는 거. 어이, 너, 아비하고도 붙어먹는 거 아냐? 너 말이야.

큰 소리로 케이를 향해 말한다. 케이의 눈에 눈물이 고였다.

어라, 이년 봐라, 이년이 억울하다 이거야?

모코가 계속 떨자 레이코가 셔츠 단추를 잠가주었다.

뚱뚱한 경찰관이 부엌으로 가려는 케이의 팔을 낚아챈다.

먼지 냄새 풍기는 경찰서에서 나이가 가장 많은 요시야마가 경위서를 제출하고 풀려난 다음 우리는 아파트로 돌아오지 않고 히비야 야외 음악당에 가서 바 케이스(The Bar-Kays, 1960~70년대를 풍미한 8인조 R & B 보컬 및 연주 그룹)의 공연을 보았다. 다들 잠이 모자라 피곤하다. 전차 안에서 아무도 입을 열지 않았다.

"그건 그렇고 해시시 안 들킨 게 정말 다행이야, 류. 놈들 눈앞에 있었는데 말이야, 몰랐던 거야, 경찰 쫄다구들이라 다행이었어, 보안계가 아니라 운이 좋았던 거야."

요시야마는 지하철을 내릴 때 빙긋빙긋 웃으며 그렇게 말했고, 케이는 얼굴을 일그러뜨리더니 플랫폼에 침을 뱉었다. 역 화장실에서 모코가 니브롤을 나눠주었다.

카즈오가 레이코에게 묻는다. 니브롤을 아작아작 씹으면서.

"어이, 그 젊은 놈하고 무슨 이야기했어? 복도 쪽에서."

"그 짭새, 지가 레드 제플린^{Led Zeppelin} 팬이라고 말을 거는 거야. 디자인 학교 나왔다고 하면서, 괜찮은 놈이었어."

"그랬어, 내 스트로브 도난 신고라도 할 걸 그랬나봐."

나도 니브롤을 씹었다.

공연장 숲이 보일 때쯤에는 다들 헤롱헤롱 취해버렸다. 숲으로 둘러싸인 음악당에서 나뭇잎이 떨릴 만큼 크게 록 음악이 들려왔다. 롤러스케이트를 타는 어린아이들이 둘러쳐진 철조망 너머로 무대에서 펄쩍 펄쩍 뛰어오르는 긴 머리 남자를 구경한다. 벤치에 앉은 남자와 여자가 요시야마의 고무샌들을 보고 피식 웃는다. 아기를 끌어안은 젊은 엄마가 얼굴을 찌푸리며 우리를 보고 지나간다. 커다란 풍선을 들고 달리는 여자애들이 갑자기 들려오는 보컬의 외침에 놀라서 멈춰 선다. 한 아이가 풍선을 놓치고 울먹인다.

빨갛고 커다란 풍선이 천천히 하늘로 올라간다.

"나, 돈 없어."

입구에서 티켓을 사는 나에게 요시야마가 말했다. 모코는 페

스티벌 관계자 가운데 친구가 있다면서 무대 쪽으로 돌아들었다. 케이는 혼자 티켓을 사서 바로 안으로 들어가버렸다.

"나도 네 것 살 만한 돈이 없는데."

내가 그렇게 말하자, 그럼 철조망 넘어서 들어가지 뭐, 하고 돈이 없는 카즈오를 불러 같이 뒤편으로 돌아들었다.

쟤들 괜찮을까? 괜찮을까? 그러나 엄청난 볼륨으로 터져 나오는 기타 솔로 때문에 레이코는 내 말을 듣지 못한 것 같았다. 무대에는 마치 통나무 견본 같은 온갖 앰프와 스피커가 늘어섰다. 번뜩이는 파란 점프수트를 입은 여자가 알아듣기도 힘든 목소리로 재니스 조플린$^{Janis Joplin}$의 〈미 앤 보비 맥기$^{Me and Bobby McGee}$〉를 노래한다. 번쩍번쩍 빛나는 커다란 심벌즈가 흔들릴 때마다 여자는 까딱 허리를 치켜올린다. 앞쪽 사람들이 손뼉을 치면서 입을 벌린 채 춤을 춘다. 소리는 공연장 전체를 소용돌이로 말아 공중으로 올라간다. 기타 남자가 오른손을 아래로 그어 내릴 때마다 귀가 달달 떨린다. 각양각색의 소리가 두꺼운 다발이 되어 땅바닥을 가로지른다. 나는 부채꼴 공연장 무대에서 가장 먼 바깥 둘레를 걸어간다. 여름이면 한꺼번에 울어젖히는 매미가 있는 오전의 숲 같다는 생각을 하면서. 맨 뒷자리를 따라 걷는다. 하얀 입김

115

으로 뿌옇게 흐린 본드가 든 나일론 봉지를 흔들고 입을 크게 벌린 채 웃어젖히는 여자 어깨에 팔을 두르고 지미 핸드릭스를 물들인 티셔츠를 입은 남자. 온갖 신발들이 땅바닥에 리듬을 밟는다. 가죽 샌들, 가죽 끈으로 발목을 칭칭 감은 샌들, 톱니바퀴 달린 은색 비닐 부츠, 맨발, 에나멜 하이힐, 농구화, 온갖 색깔의 립스틱이 매니큐어가 아이섀도가 머리카락이 블러셔가 소리에 맞춰 흔들리고 거대한 하나의 웅성거림을 만들어낸다. 맥주 거품이 넘치고 콜라 병이 깨지고 끝도 없이 담배연기는 피어오르고, 이마에 다이아몬드를 박은 외국 여자의 목에서 땀이 흐르고 수염 난 남자가 목에 감았던 스카프를 휘두르고 여자가 의자에 올라서서 어깨를 떤다. 모자에 깃털을 꽂은 여자가 침을 뱉는다. 여자는 금테 선글라스를 끼고 크게 입술을 뒤틀며 볼 안쪽 살을 이로 깨문다. 손을 뒤로 돌려 잡고 엉덩이를 흔든다. 더럽고 긴 스커트가 파도처럼 흔들린다. 공기의 진동을 온몸에 모아 뒤로 젖혔다가 앞으로 되돌린다.

"어이, 류, 류 맞지?"

통로 구석 수도가 있는 쪽 지면에 검은 천을 깔고 수제 금세공이나 동물 이빨 뼈로 장식된 브로치, 목걸이, 인도 향, 요가와 마약에 관한 팸플릿을 늘어 놓고 파는 남자가 나를 불렀다.

"어, 장사 시작했어?"

옛날에 우리의 소굴이었던 찻집에서 핑크 플로이드^{Pink Floyd}만

틀면 두 손을 벌리고 빙글빙글 돌던 메일이라는 별명을 가진 남

자다. 내게 다가와 웃었다.

"친구 부탁으로 도와주는 거야."

그렇게 말하고 여윈 얼굴을 흔든다. 시커멓고 더러운 발가락

에 샌들을 걸었고 앞니 하나가 빠졌다.

"엉망으로 보이지? 요즘은 어디를 가든 이래. 요전에는 쥬리

(가수 사와다 겐지^{澤田硏二}의 별명)니 쇼켄(가수 겸 배우 하기와라 겐이치^{萩原健一}의 별명)

이 나오기에 돌을 던져줬지. 넌 요즘 요코다 기지에 있다면서? 그

쪽은 어때, 재밌어?"

"그저 그래. 흑인이 있으니까, 흑인이랑 있으면 재미있어, 그

놈들 대단하거든, 마리화나 피우고 조니 워커^{Johnnie Walker}를 벌컥벌

컥 마시고 비틀거리면서도 섹서폰 끝내주게 불거든, 엄청나."

무대 바로 앞에서 모코가 거의 벌거숭이로 춤을 춘다. 카메라

맨 둘이 모코를 향해 셔터를 누른다. 불 붙은 종이조각을 객석에

던지던 남자가 경비원 몇 사람에게 붙들려 끌려간다. 무대에 본

드 봉지를 든 작은 남자가 비틀거리며 올라가 노래하는 여자를 뒤에서 끌어안는다. 경비원 세 명이 남자를 끌어내린다. 남자는 여가수의 번득이는 점프수트 허리에 매달려 마이크를 빼앗으려 한다. 베이스 기타가 화를 내며 남자의 등을 마이크 스탠드로 내려쳤다. 남자가 허리에 손을 대고 나자빠지려 하는 순간 베이스 기타가 그를 객석으로 밀어버린다. 춤추던 사람들이 뭐라고 외치며 옆으로 피한다. 본드 봉지를 든 채 바닥에 처박힌 남자는 경비원에 붙들려 바깥으로 끌려 나간다.

"류, 메구, 기억나? 그 있잖아, 교토에서 오르간 치게 해 달라고 하던 여자 있었잖아? 눈이 커다랗고 예술 대학 중퇴했다고 거짓말하던 애."

메일은 내 가슴팍에서 담배를 빼내 불을 붙이며 말했다. 빠진이 사이로 연기를 뿜어낸다.

"응, 기억 나."

"도쿄에 왔더랬어, 우리 집에, 너한테 말해줄까 했지만 주소를 몰라서 말이야. 류도 만나고 싶다면서 왔었는데, 네가 잠수 타고 바로."

"정말이야? 나를 만나고 싶어했다는 거."

"잠시 같이 살았어. 괜찮은 애야, 류, 정말 괜찮은 애라니까. 마음이 아주 착해. 팔다 남은 토끼가 불쌍하다고 시계를 주고 가져왔어. 부잣집 딸이야. 오메가였어, 그 더러운 토끼 대신에 그걸 주다니, 정말 아까워, 그런 여자야."

"아직 있어?"

메일은 대답하지 않고 바지를 걷어 올려 왼쪽 장딴지를 드러냈다. 핑크빛 뒤틀린 화상 흔적이 다리 위쪽까지 뻗어 있었다.

"뭐야, 화상 입었어? 왜 그랬어, 정말 심하잖아."

"응, 심하지, 취해서 춤을 추다가, 내 방에서. 스토브 불이 스커트에 붙어버린 거지, 긴 스커트 입었거든. 잘 타는 천이라서 말이야, 눈 깜짝할 사이에 확 붙어서, 얼굴도 안 보일 정도로."

눈을 가리는 머리카락을 손가락으로 걷어올리고 짧아진 담배를 슬리퍼 바닥으로 문질러 껐다.

"새카맣게 타버렸지 뭐, 너, 불에 탄 시체는 절대로 보면 안 돼, 너무 처참해. 아버지가 달려왔지, 그 자식 몇 살일 것 같아? 열다섯이야, 열다섯. 열다섯이라고 해서 얼마나 놀랐는지."

호주머니에서 검을 꺼내 이 빠진 입에 넣는다. 나는 필요 없다고 손사래를 쳤다.

119

"처음부터 열다섯이라고 했으면 교토로 돌려보냈을 거야. 스물 하나래, 너무 어른스러워서 그냥 믿었지 뭐, 완전히."

메일은 곧 시골로 돌아갈지 모른다고, 놀러 오라고 했다.

"그때 그 애 얼굴이 늘 생각나. 아버지한테도 미안하고. 이제 하이미날(메타카론으로도 불린다. 수면제의 일종) 같은 건 평생 못 먹을 거야."

"피아노는 무사해?"

"불 때문에? 그 애만 타버렸어, 피아노는 그을리지도 않았고."

"안 쳐?"

"아니, 쳐, 치긴 하지만, 류는 어때?"

"녹슬었지 뭐."

메일은 일어서서 매점에서 콜라 두 개를 사 왔다. 반쯤 남은 팝콘을 내민다. 때로 미지근한 바람이 불어온다.

탄산이 니브롤 때문에 둔해진 목을 자극한다. 검은 천에 놓인 테두리에 장식이 달린 거울에 누렇게 뜬 내 눈이 비친다.

"도어스의 〈수정의 배^{The crystal ship}〉, 옛날에 쳤었지? 그거 지금 들으면 눈물이 나, 그 피아노 들으면 마치 내가 치는 것 같은 느낌에 사로잡히거든, 견딜 수가 없어. 이러다 곧 뭘 들어도 견딜 수 없게 될지도 몰라, 모든 것이 그리울 뿐이야. 이제 난 싫어, 류는 어떡할 거야? 이제 곧 우리 모두 스무 살이 돼. 메구처럼 되기는 정말 싫어, 메구 같은 애를 보는 것도 이제 싫어."

"아직도 슈만 쳐?"

"치기는 뭐, 그렇지만 이런 어지러운 생활 이제 그만두고 싶어, 앞으로 뭘 할지는 모르겠지만."

검정색 교복을 입은 초등학생이 3열로 아래쪽 길을 지나간다. 선생인 듯한 여자가 깃발을 들고 큰 소리로 뭔가 주의를 준다. 그 가운데 한 여자애가 멈춰 서서 철조망에 기댄 긴 머리 남자와 피로에 절은 나와 메일을 가만히 바라본다. 빨간 모자를 쓰고 친구들이 어깨를 부딪치며 앞으로 나아가는데도 마냥 우리를 바라본다. 선생이 머리를 탁 치자 황망히 앞으로 걸어간다. 어깨에 멘 하얀 가방을 흔들며 열을 향해 달린다. 한 번 뒤로 고개를 돌려 우리를 바라보고는 멀어졌다.

수학여행일까? 내가 중얼거리자, 초등학생이 무슨 수학여행이야, 하고 메일이 검을 뱉어내며 웃었다.

"근데, 메일, 토끼는 어떻게 됐어?"

"토끼, 잠시 키우기는 했지만, 좀 그렇잖아. 그 기억이 되살아

나서, 가져갈 사람도 없고."

"내가 키워볼까?"

"뭐라고? 이미 늦었어, 내가 먹어버렸거든."

"먹었다고?"

"근처 정육점에 부탁해서, 어린 토끼라서 고기가 요 정도밖에 안 돼. 케첩 발라서, 좀 질기더라."

"먹었어, 그랬구나."

거대한 스피커에서 나는 소리는 무대에서 움직이는 사람과 아무 상관이 없는 듯이 들린다. 이 땅 위에 처음부터 소리가 있어, 거기에 맞춰 화장한 원숭이가 춤을 추는 것 같았다.

땀에 젖은 모코가 다가와서 메일 쪽을 슬쩍 보고는 내 품에 안겼다.

"요시야마가 찾더라, 저쪽에서, 카즈오가 경비원한테 맞아서 다쳤대."

메일은 다시 검은 천 앞에 앉았다. 어이, 메일, 시골에 갈 때 연락해.

쿨 한 갑을 던져준다.

"응, 너도 잘 지내."

투명한 조개로 만든 브로치를 던진다.

"이거 줄게, 류. '수정의 배'야."

"뭐야, 모코, 그렇게 땀 흘리며 이런 밴드로 춤추는 게 재미있어?"

"무슨 말하는 거야, 안 즐기면 손해잖아."

축축하게 젖은 파이프를 쪽쪽 소리 내어 빨면서 요시야마가 손짓한다.

"카즈오 바보 같은 자식, 경비원이 바로 앞에 있는데 넘으니까 말이 돼. 불쌍하게도 도망치려다가 다리를 당하고 말았어. 씨파, 음험한 경비원 새끼, 배트로 말이야."

"병원에 갔어?"

"응, 케이와 레이코가, 레이코는 가게에 좀 가봐야겠다고 하더라. 케이가 카즈오 방까지 데려다줬을 거야, 정말 성질 나네, 꼭지가 돌아버리겠어."

파이프를 옆에 있던 화장 짙은 여자에게 건네준다. 광대뼈가 튀어나오고 눈가를 파랗게 칠한 여자는, 어, 이게 뭐야, 하고 요시야마에게 묻는다. 그 여자의 손을 잡고 있던 남자가, 멍청이, 마리화나잖아, 하고 귓가에 속삭인다. 어머, 고마워, 하고 여자는 눈을 반짝이더니 남자와 같이 쪽쪽 소리를 내며 피웠다.

모코는 수돗가에서 다시 니브롤 두 알을 털어 넣는다. 몸은 땀으로 흠뻑 젖었고 핫팬츠 위로 비어져 나온 뱃살이 출렁거린다. 완장을 찬 카메라맨이 나에게 안기는 모코를 향해 셔터를 누른다. 나는 목을 감은 모코의 팔을 푼다.

"어이 모코, 가서 또 춤 춰."

"뭐야, 애써 디오르까지 뿌렸는데, 싫어, 류, 민망하게시리."

모코는 혀를 쏙 내밀고 비틀거리며 춤의 물결 속으로 들어간다. 뛰어오를 때마다 한쪽에 반점이 있는 모코의 유방이 흔들린다.

요시야마가 달려와서 카즈오를 때린 놈을 잡았다고 귀에다 대고 말했다.

상반신을 벗어젖힌 혼혈 히피가 빡빡머리 남자의 두 팔을 비틀어 잡고 다른 하나가 입에다 가느다란 가죽 끈을 넣고 뒤로 돌려 묶었다. 공연장 구석에 있는 어두컴컴한 화장실 안. 벽에는 낙서와 거미줄이 어지럽고 더러운 지린내가 코를 찌른다. 깨진 유리창 밖으로 파리가 날아간다.

발을 버둥거리는 경비원의 배에 요시야마가 무릎을 꽂아 넣는다.

"어이, 너, 망 좀 봐."

다시 한 번 요시야마의 무릎이 남자의 명치에 박히자 남자는 누런 액체를 토해냈다. 한 일자로 입을 가로막은 가죽 끈 틈으로 흘러나와 목덜미를 타고 미키마우스가 찍힌 티셔츠를 적신다. 남자는 눈을 꼭 감고 아픔을 견딘다. 구토물이 줄줄 흘러내려 굵은 벨트에 걸렸다가 바지 안으로도 떨어진다. 위팔 알통이 불끈 솟아오른 혼혈 히피가 요시야마에게 나도 볼일 좀 봐야겠다면서 앞으로 나서 벼락처럼 고함을 지르며 팔을 휘두르자 푹 수그러졌던 경비원 얼굴이 찢길 듯 옆으로 틀어졌다. 붉은 피가 방울방울 떨어지는 것을 보고 나는 이가 부러졌으리라 생각했다. 남자는 정신을 잃고 바닥에 그냥 널브러진다. 뭔가에 심하게 취한 혼혈 히피는 제지하는 요시야마의 손길을 뿌리치고 벌건 눈을 번득이더니 경비원의 왼팔을 부러뜨려버렸다. 나뭇가지가 부러지는 듯한 깡마른 소리가 들렸다. 남자가 신음하며 얼굴을 들어올렸다. 축 늘어진 팔을 보고 눈을 화들짝 뜨더니 오줌이 흥건한 콘크리트 바닥을 굴렀다. 한 번 두 번 천천히 몸을 뒤집으며 구른

125

다. 혼혈 히피는 손수건으로 손을 닦고 그 피 묻은 손수건을 바닥에서 신음하는 남자의 입 속에 틀어넣었다. 고막을 찢을 듯한 기타 연주 사이로 남자의 신음이 들린다. 남자는 요시야마 일행이 나가버리자 더는 구르지 않고 기어 앞으로 나아가려 했다. 어두운 장소에서 뭔가를 찾으려는 것처럼 오른손으로 바닥을 긁는다.

"어이, 류, 가지."

검은 마스크를 한 것처럼 코에서 아래는 피에 젖어 진득진득하다. 굵은 혈관이 드러난 이마, 사내가 앞으로 나아가려 한다. 미끌미끌한 콘크리트 바닥을 팔꿈치로 기어 앞으로 나아가려 한다. 갑자기 통증이 일어나는지 뭐라고 중얼거리더니 벌렁 드러누워 발끝을 달달 떨었다. 구토물이 묻은 배가 아래위로 오르내린다.

전차 안이 번쩍번쩍 빛났다. 굉음과 술 냄새로 가득 찬 가슴이 느글거린다. 요시야마는 니브롤에 취한 빨간 눈으로 이리저리 걸어 다니고 모코는 입구 부근 바닥에 주저앉았다. 지하철역에서 우리는 또 니브롤 두 알씩 씹었다. 나는 모코 옆에서 손잡이 기둥에 기댔고, 요시야마는 가슴을 누르며 토하고는 놀라서 도망치는 승객을 멍한 눈길로 바라보았다. 시큼한 냄새가 이쪽으로 흘러온다. 선반에 놓인 신문을 집어 요시야마는 입을 닦았다.

전차의 진동으로 거의 물에 가까운 구토물이 넓게 퍼져나가고, 승객들은 우리가 탄 차량으로 올라오지 않았다. 씨파, 중얼거리면서 요시야마는 창을 손으로 두드린다. 나는 머리가 너무 무겁고 어지러워 손잡이를 붙들지 않으면 제대로 서 있을 수 없을 것 같았다. 모코가 얼굴을 들어올리고 내 손을 잡았지만 감각이 둔해져 손이 닿았다는 느낌도 없다.

"저기, 류, 너무 피곤해서 죽을 것 같아."

모코는 택시를 타고 가자고 한다. 요시야마가 차량 끝에서 등을 보인 채 책을 읽는 여자 앞에 섰다. 입술에서 침을 질질 흘리는 요시야마를 보고 여자는 도망치려 했다. 요시야마는 비명을 지르는 여자의 팔을 잡고 몸을 빙글 돌리더니 안아버렸다. 여자의 얇은 브라우스를 찢는다. 비명이 전차 소리보다 더 크게 울린다. 승객이 다른 차량으로 도망친다. 여자의 책이 떨어지고, 핸드백 내용물이 바닥에 흩어진다. 모코는 불쾌한 표정으로 그쪽을 보며, 배 고파, 하고 졸린 눈으로 중얼거린다.

류, 피자 먹고 싶지 않아? 앤초비 피자, 타바스코 듬뿍 쳐서 혀가 아릿해지는 그런 놈 안 먹고 싶어?

여자가 요시야마를 밀치고 이쪽으로 달려온다. 바닥의 오물을 피해 턱을 앞으로 내밀고 맨발로, 손으로는 가슴을 누른 채. 내가 발을 건다. 넘어진 여자를 일으켜 세워 입술을 빨려 한다. 여자가 이를 꽉 깨물고 고개를 저으며 벗어나려 한다.

요시야마가 이쪽을 바라보는 승객에게 씨파, 하고 욕을 한다. 유리창 건너편 승객이 우리 너머로 동물을 구경하는 듯한 눈길로 우리를 바라본다.

역에 도착하자 우리는 여자에게 침을 뱉고 플랫폼을 달렸다. 어이, 저 놈들이야, 잡아라! 넥타이를 펄럭이며 중년 남자가 전차 창으로 얼굴을 내밀고 외친다. 요시야마가 달리면서 토한다. 셔츠에 오물이 진득하게 달라붙고 고무 슬리퍼 소리가 플랫폼을 울린다. 모코는 파랗게 질린 얼굴로 샌들을 손에 들고 맨발로 달린다. 요시야마가 계단을 헛디뎌 구른다. 눈 위를 난간에 부딪쳐 피가 흐른다. 요시야마가 달리면서 기침을 하고 뭐라고 혼잣말로 중얼거린다. 개찰구에서 역무원이 모코의 손목을 낚아채자 요시야마가 주먹으로 남자의 얼굴을 친다. 우리는 통로를 가득 메운 사람들 속으로 들어갔다. 쭈그리고 앉으려는 모코를 일으켜 세운다. 눈이 아프고 관자놀이를 누르니 눈물이 나온다. 맹렬한 구역질이 파도처럼 통로 타일 바닥에서 솟구쳐 올라 손으로 입을 꽉 틀어막는다.

다리를 꼬며 끌리듯 앞으로 걸어가는 모코의 몸에서 오늘 아침까지 떠돌던 흑인 냄새가 완전히 사라져버렸다.

종합병원 안마당에는 아직도 물웅덩이가 남았다. 타이어 자국이 박힌 진흙을 피해 신문다발을 든 아이가 달린다.

어디선가 새 울음소리가 들리는데 모습은 보이지 않는다.

어젯밤, 이 방으로 돌아와 우리는 파인애플 냄새를 맡고는 미친 듯이 토했다.

전차에서 내가 입술을 빨았을 때, 여자는 내 눈을 지긋이 들여다보며 한순간이었지만 참 이상하다는 표정을 지었다. 그건 어떤 표정이었을까.

새가 연립주택 마당에 내려앉았다. 1층에 사는 미국인 부부가 흩어놓은 빵 부스러기를 쫀다. 주위를 바쁘게 둘러보고 부리로 집더니 서둘러 삼켜버린다. 작은 돌 사이에 떨어진 빵 부스러기도 아주 능숙하게 집어낸다. 그 바로 옆으로 머리에 수건을 두른 병원 청소부가 지나갔지만 도망치지 않았다.

여기서는 새의 눈이 보이지 않는다. 나는 둥그런 테두리를 단 새 눈을 좋아한다. 머리에 관 같은 것을 매단 빨간 날개의 회색빛 새.

나는 아직 방에 그대로 있는 파인애플을 새한테 주자고 생각했다.

동쪽 하늘에서 갈라진 구름 사이로 햇살이 비친다. 공기는 빛이 닿자 뿌옇게 흐려진다. 1층 베란다 문이 드르륵 열리자 새는 곧장 날아가 버렸다.

방으로 돌아와 파인애플을 들고 간다.

"저기, 이걸 새한테 주고 싶은데."

마음 좋아 보이는 부인에게 말했더니 포플러 뿌리께를 손가락으로 가리키며 저기 놓아두면 쪼아 먹는다고 말했다.

집어던지자 파인애플은 땅바닥에 부딪쳐 뭉그러진 채 천천히 굴러 포플러 옆에 멈췄다. 파인애플이 땅바닥에 부딪쳐 깨지는 소리를 듣자니 어제 화장실에서 벌어졌던 폭력 장면이 떠올랐다.

미국인 부부는 푸들을 데리고 산책을 나서려 한다. 눈이 부신

지 손으로 눈 위를 가리고 파인애플을 본 다음 나를 올려다 보더니, 새가 좋아할 거야, 하고 고개를 끄덕이며 웃었다.

"오키나와, 그때 어디 갔었어, 걱정했잖아."

"애, 호텔에 있었대, 혼자서. 바보, 이런 차림이라 수상쩍어 한다고 그냥 도망쳤대. 돈도 다 내놓고서는. 레이코 돈이라서 괜찮긴 하지만."

오후 들어 레이코가 오키나와를 데리고 왔다. 오키나와는 아직도 술에 취해 심한 냄새를 풍기면서도 바로 헤로인을 맞고 싶다고 억지를 부렸지만 내가 욕실로 밀어 넣었다. 레이코가 내 귀에 입을 대고 파티에서 사부로하고 그런 짓했다는 거 오키나와한테는 비밀이야, 나를 죽일지도 몰라, 하고 낮은 목소리로 말하고는 내가 웃으며 고개를 끄덕이자 옷을 벗고 욕실로 들어갔다.

어젯밤에 케이가 돌아오지 않았다는 사실을 알고 요시야마는 화를 냈다. 오키나와가 도어스의 새 앨범을 들고왔는데도 아무런 관심도 보이지 않았다.

욕실에서 레이코의 신음이 들려오자 모코가 넌더리를 내며 말한다.

"류, 아무 음악이라도 좀 틀어, 나, 씹만 하는 건 정말 싫어. 다른 게 있을 것 같아, 달리 즐길 만한 게 있다고 생각해."

도어스에 바늘을 떨어뜨렸을 때, 발을 질질 끄는 카즈오를 케이가 어깨로 부축하며 들어와서는 파티 선물 가지러 왔는데 있냐고 물었다. 케이는 벌써 니브롤에 취해 있었다. 요시야마가 보는 앞에서 카즈오와 혀를 빨기 시작했다.

입술을 빨며 카즈오는, 이런 상황이 너무 재미있다는 표정으로 요시야마를 바라보았다.

요시야마는 침대에서 옆에 누워 잡지를 읽는 모코를 갑자기 끌어안더니 키스를 하려 했다. 뭐야, 아침부터, 그만두지 못해, 넌 이런 것밖에 몰라. 모코는 소리를 지르며 거부했고, 요시야마는 그 장면을 보고 웃는 케이를 째려보았다. 읽던 책을 바닥에 집어던지고, 류, 나 갈래, 너무 피곤해, 하고 모코가 말했다. 올 때 입었던 벨벳 원피스에 팔을 집어넣으면서.

"케이, 너 어제 어디서 잤어?"

요시야마가 침대에서 내려와 케이에게 물었다.

"카즈오 방."

"레이코도 같이?"

"레이코는 오키나와하고 호텔에 갔어. 신오쿠보의 러브 팰리스 조이넥, 천장이 전부 거울이래."

"카즈오랑 했지?"

요시야마와 케이의 말다툼을 모코는 고개를 저으며 듣고 있다. 간단히 화장을 하고 머리카락을 매만진 다음 내 어깨를 툭 친다. 해시시 좀 줘, 류.

"너 정말 다른 사람들 앞에서 했니 안 했니, 창피하지도 않아?"

"요시야마, 진짜로 그런 말은 하지 마, 다쳤으니까 데리고 온 거잖아. 사람들 보는 앞에서 이상한 말은 하지 마."

카즈오는 빙긋빙긋 웃으면서 요시야마에게 그렇게 말한 다음 스트로브 못 봤어? 하고 나한테 묻는다. 고개를 젓자, 2만 엔이나 하는 건데, 산 지 얼마 되지도 않았는데, 하고 고개를 숙이고 발목에 감긴 붕대를 쓰다듬으며 중얼거린다.

"저기, 류. 역까지 데려다줘."

현관에서 구두를 신으며 모코가 말한다. 거울을 보고 모자 위치를 조정한다.

어라, 모코, 가는 거야? 몸에 목욕 타월을 두르고 냉장고에서 콜라를 꺼내면서 레이코가 말했다.

가는 길에 모코는 소녀 잡지와 담배를 사고 싶다고 떼를 썼다. 담뱃가게 여자애가 가게 앞에 물을 뿌리면서 안면이 있는 나에게, 아, 데이트하는 모양이네, 하고 말을 걸었다. 착 달라붙은 밝은 크림색 바지에 팬티 선이 도드라져 보였다. 젖은 손을 에이프런에 닦고 담배를 건네줄 때 그녀는 빨갛게 물든 모코의 발톱에 눈길을 주었다.

"아직 엉덩이 아파?"

"볼일 볼 때 조금 그렇지만 그 사람 잭슨, 정말 상냥해. 이 스카프 기지에 있는 가게에서 사줬어, 랑방이야."

"모코, 또 올 거지? 피곤하긴 해."

"응, 좀 요란스러웠어, 그렇지만 또 파티가 있으면 올 거야, 그 잖아? 놀 기회가 거의 없잖아? 재미있는 일이 없어, 어차피 결혼할 건데."

"어? 모코, 결혼할 생각이야?"

"당연하지. 안 할 거라 생각했어?"

교차로에서 트럭이 거칠게 우회전하는 바람에 먼지가 펄펄 날아올랐다. 입으로 파고든 먼지를 툇 툇 뱉어낸다. 운전을 뭐 저

따위로 해, 자전거에서 내려 눈을 비비며 우체부가 투덜거린다.

"저기, 류, 요시야마 말이야, 조심해, 그 자식 케이를 자주 패니까 조심해. 술에 취하면 말도 안 되는 짓을 해, 발로 차기도 하고, 말 좀 해줘."

"진짜로 그럴까? 진짜로 하는 건 아닐걸?"

"무슨 말이야? 언젠가 케이, 이빨 부러졌어. 요시야마 믿을 수 없어, 술 취하면 사람이 변해버리거든, 어쨌든 조심해."

"모코는 가족들 모두 잘 지내지?"

"응, 아빠가 좀 아프긴 하지만, 오빠가, 잘 알잖아, 너무 성실하거든. 그래서 내가 이렇게 살아도 별 말이 없어. 요즘은 거의 포기한 모양이야, 〈앙앙〉에 사진 나왔다고 하니까 엄마가 좋아했어, 정말로 좋아하는지는 모르겠지만."

"벌써 여름이 왔네, 비가 너무 적었다는 생각 안 들어?"

"하긴, 류, 〈우드스톡^{Woodstock}〉 영화 말이야, 봤어?"

"응, 왜?"

"다시 한 번 보고 싶지 않아? 지금 보면 좀 흥이 깨져버릴지도 몰라, 어떻게 생각해?"

"아마 흥이 덜하겠지, 그렇지만 지미 핸드릭스는 대단해, 정말 대단했어."

"역시 그럴 것 같아, 그렇지만 감동할지도 몰라, 그러다가 다시 재미가 없어질 테고, 한번 보고 싶긴 해."

어이, 어이, 어이, 우리를 부르면서 타미와 밥이 노란 스포츠카를 타고 달려간다. 모코는 웃으며 손을 흔들고 피우던 담배를 뾰족한 하이힐 굽으로 밟았다.

"네가 그런 말할 권리 있어? 도대체 무슨 생각을 하는 거야, 결혼한 사이가 아니라는 그런 말이 아니라 도대체 어떡하라는 거야, 원하는 게 뭐야? 사랑한다고 말해주기를 바라? 그런 거야? 그럼 말할 게, 그렇지만 몸에는 손대지 마, 그리고 이런저런 말하는 거 그만둬, 부탁이니까."

"케이, 그게 아냐 화내지 마. 그런 게 아냐, 내가 하고 싶은 말은 서로 피곤하게 하는 거 그만두자는 거야, 엉? 서로 피곤하게 만드는 일만 하잖아? 엉? 이제 그만두자는 거야, 알지? 듣고 있어? 케이."

"듣고 있어, 빨리 해, 빨리 끝내줘."

"난 케이와 헤어지고 싶지 않아, 나 일한다니까, 항구에서 노가다할 거야, 요코하마 항구에 가면 하루에 6000엔 줘, 대단하지 않아? 제대로 생활할 수 있어, 케이가 불편하지 않게 할게, 난 케이가 다른 남자랑 하는 거 반대하지 않아, 깜둥이랑 해도 불평하지 않았잖아? 어쨌든 서로 피곤하게 만드는 것만은 그만두자는 거야, 이런 말을 해서 뭐하겠어, 나 내일부터 일할게, 나 힘 좋아."

케이는 카즈오의 어깨에 두른 손을 풀려고 하지 않는다. 카즈오는 요시야마의 눈앞에서 니브롤을 씹어 삼키고 빙긋빙긋 웃으며 대화를 나누는 두 사람을 바라본다.

오키나와는 팬티 한 장 차림으로 몸에서 김을 무럭무럭 피어올리며 부엌 바닥에 퍼질러 앉아 헤로인을 맞았다.

레이코는 얼굴을 찌푸리며 손등에 바늘을 꽂고, 어이 레이코 너 그런 데 맞는 거 언제 배웠어? 하고 오키나와가 묻자 황망히 내 쪽을 바라보며, 당연히 류잖아, 하고 한 눈을 찡긋한다. 오키나와가 레이코에게 말한다.

"어쩐지 레이코 좀 넓어진 것 같은데."

"이상한 말 하지도 마, 나 섹스 싫어해, 오키나와, 믿지 않는 거야? 오키나와 말고는 안 해."

케이가 일어서서 버즈^{The Byrds}의 퍼스트 앨범(《미스터 탬버린 맨^{Mr.}

^{Tambourine Man}〉〉을 걸고 볼륨을 한껏 올린다.

요시야마가 무슨 말을 하는데도 못 들은 척한다. 요시야마가 앰프 쪽으로 손을 뻗어 음량을 줄이고, 이야기 좀 해, 하고 말했다.

"무슨 할 말이 있다고 그래, 버즈 듣고 싶어, 볼륨 올려봐."

"케이, 그 목에 난 키스 마크, 그거 카즈오야? 그렇지? 카즈오 놈 거지?"

"바보 같은 소리, 파티 때 한 거잖아, 깜둥이가. 자, 여기도 볼래? 깜둥이가 빨았다니까."

케이는 스커트를 걷어 올리고 허벅지에 난 커다란 키스 마크를 보여준다. 그러지 마, 케이, 하고 카즈오가 스커트를 내려준다.

"그거, 허벅지 거는 알아, 그렇지만 어제까지만 해도 목에는 없었잖아. 어이, 류, 어제까지 없었잖아? 카즈오, 네가 한 거지, 했으면 했다고 해, 카즈오."

"내 입술, 이렇게 크지 않아. 했으면 또 한 거지, 요시야마, 왜 그렇게 안달을 하고 그래."

"어이, 류, 볼륨 올려봐. 오늘 아침부터 이걸 듣고 싶어서 일부러 여기 들른 거야, 볼륨 올려줘."

139

나는 침대에 누워 케이 말을 못 들은 척했다. 일어나서 앰프까지 걸어가는 게 귀찮았다. 발톱을 깎는다. 레이코와 오키나와는 부엌에 담요를 깔고 엎드려 잠들었다.

"내가 하는 말은 키스 마크 같은 게 아냐, 늘 똑같은 말이야. 더 본질적인 걸 말하는 거야. 좀 더 상냥하게 말이야, 서로를 위로해주는 그런 거 말이야. 우리는 보통 놈들하고는 좀 다른 차원에서 살아가는 거니까 서로를 더 위해주어야 한다는 거야."

카즈오가 발을 문지르면서, 뭐야 요시야마, 보통 놈들이라니, 다른 차원이고 개똥이고 없잖아, 무슨 뜻으로 하는 말이야, 하고 요시야마에게 묻는다.

요시야마는 카즈오 쪽을 보지 않고, 너랑은 상관없는 일이야, 하고 낮은 목소리로 말했다.

내 발톱에서 파인애플 같은 냄새가 난다. 허리에 뭐가 닿아서 베개를 밀치고 보았더니 모코가 두고 간 브래지어였다.

철삿줄이 들었고 꽃 자수가 놓였다. 세재 냄새가 난다. 서랍에 던져 넣는다. 은 목걸이가 걸렸는데 잭슨의 니글니글한 정액 맛이 떠올라 토악질이 솟구친다. 입안 어딘가에 조금 달라붙어 혀를 돌리면 때로 그 맛이 되살아나는 것 같다. 잘라낸 발톱을 베란다에 버렸다. 병원 안마당에서 셰퍼드를 데리고 걸어가는 여자가 보인다. 여자는 스쳐가는 사람에게 인사를 하고 멈춰 서서 이야기를 나누기 시작했다. 개는 목줄을 팽팽하게 끌어당기며 앞으로 나아가려 한다. 여기서 보이는 여자 입속은 에도시대 여자처럼 시커먼 게 아마도 충치인 것 같다. 웃을 때 커다란 입을 감춘다. 개는 앞쪽을 바라보고 짖으며 무작정 나아가려 한다.

"우리는 서로를 필요로 해. 난 잘 모르겠어, 나한테는 케이밖에 없어, 엄마도 죽고 없어, 우리한테는 적이 많잖아? 케이도 그 감찰원한테 들키면 곤란하잖아? 나도 이번에 한 번 더 걸리면 소년원 정도로는 해결이 안 돼. 서로 도와야 해, 옛날처럼, 저기, 교토의 강에서 둘이 헤엄쳤잖아? 막 알게 되었을 때, 그 시절로 돌아가고 싶어. 왜 우리가 이렇게 이런 대화를 나누어야 하는지 모르겠어, 더 사이좋게 힘을 내자구, 돈 같은 건 문제가 아냐, 여태 잘해 왔고, 앞으로 나도 일을 할 테고. 그 있잖아 모코가 가르쳐 준 거, 롯본기 어딘가에서 테이블하고 선반 같은 거 주워 와서, 찬장과 오븐 같은 것도 아직 있다고 하잖아. 그리고 케이, 거기에 페인트를 칠하는 거야. 돈을 모아서 말이야, 내가 일을 할 테니까 돈을 모아서 말이야, 케이는 고양이 기르면 돼. 도큐 백화점에 한

마리 있었잖아 회색 페르시아 고양이, 케이가 그거 기르고 싶다
고 했잖아, 그거 사줄게. 그래서 방을 하나 빌리는 거야, 새로운
기분으로 방 안에 화장실이 있는 놈으로. 그럼, 류처럼 홋사에 살
아도 좋아, 하우스 빌려서 모코하고 오키나와랑 같이 사는 것도
좋잖아? 이 부근에는 방이 많이 달린 미군용 하우스가 있으니까,
마리화나도 바로 구할 수 있고, 파티 같은 거 매일 할 수 있어. 싸
구려 중고차 말이야, 류의 외국인 친구가 팔려고 한다니까 그걸
사서 나, 면허 따면 돼. 금방 딸 수 있어, 그러면 바다에도 갈 수
있잖아, 즐겁게 살 수 있어, 그렇지 케이, 즐겁게 살 수 있어. 엄마
가 죽었을 때 말이야, 너를 너무 냉정하게 대했다고 생각하지 말
아줘, 이해해줘, 케이, 엄마가 죽은 날이잖아, 아무튼 이제 엄마도
없고, 이제는 케이뿐이야, 엉? 돌아가서 우리 둘이서 다시 시작
해. 알아들었지, 케이, 알아들었지?"

　요시야마가 케이의 볼을 만지려 했다. 케이는 그 손을 세차게
뿌리치고 아래를 내려다보며 웃는다.

　"너 정말 그런 말을 어떻게 그리도 진지하게 할 수 있어, 부끄
럽지도 않아? 다른 사람이 다 듣잖아, 네 엄마가 뭐 어떻게 됐다
고? 관계없잖아, 네 엄마가 누군지 난 몰라, 관계없어, 난 너랑 있

는 내가 이젠 싫어, 알아? 내가 견딜 수 없어, 비참한 기분이 들어, 너랑 있으면 내가 비참해져서, 그걸 참을 수 없다는 거야."

카즈오는 웃음을 억지로 참는다. 요시야마가 말을 하는데 입을 손으로 누르며 있는 힘을 다해 웃음을 참는다. 나와 눈을 마주치다가 케이가 다시 불만스럽게 말을 하자 더는 참지 못하고 웃어버렸다. 페르시아 고양이라고, 뭐야 그거, 사람 좀 그만 웃겨.

"요시야마, 말해도 돼? 할 말 있으면 전당포에 맡긴 내 목걸이 찾은 다음에 말해. 아빠가 준 금목걸이 찾은 다음에 말해. 그런 다음에 말하라니까. 네가 맡겼잖아, 하이미날 산다고 술에 취해서 네가."

케이가 울음을 티뜨렸다. 일굴이 부들부들 떨린다. 카즈오는 그것을 보고서야 웃음을 멈추었다.

"어, 그건 또 무슨 말이야, 케이가 맡겨도 좋다고 했잖아. 하이미날 먹고 싶다고, 케이가 먼저 말을 했고, 케이가 전당포에 맡기라고 했잖아."

케이가 눈물을 닦는다.

"이제 그만둬, 넌 그런 사람이야, 이제 됐어. 몰랐을 거야, 나 그 다음에 울었어, 돌아가는 길에 운 거 몰랐지? 넌 노래를 불렀고.”

"무슨 말이야, 울지 마, 케이, 금방 찾아줄게, 찾아준다니까. 노가다해서 금방 찾아줄 수 있어, 눈물 흐르잖아, 이제 울지 마, 케이.”

코를 풀고 눈물을 닦은 다음 케이는 요시야마가 무슨 말을 해도 대답하지 않았다. 카즈오에게 잠깐 밖에 나가자고 말한다. 카즈오는 다리를 손가락으로 가리키며 피곤하다고 했지만, 아직 눈에 눈물을 머금은 케이가 억지로 일으켜 세우자 마지못해 일어섰다.

류, 옥상에 있을 테니까 나중에 플루트라도 들고 올라와.

문이 닫히자 요시야마가 케이, 하고 큰소리로 불렀지만 밖에서는 아무런 대답도 돌아오지 않았다.

오키나와가 시퍼런 얼굴로 벌벌 떨면서 커피를 세 잔 타왔다. 잔이 흔들려 카펫에 조금 쏟는다.

"요시야마, 커피라도 마셔, 너 좀 꼴불견이야. 괜찮아, 별것도 아닌 일이잖아. 자, 커피.”

요시야마가 커피를 거절하자, 네 멋대로 해, 하고 오키나와는 중얼거린다. 요시야마는 등을 둥그렇게 말고 벽을 보며 때로 한

숨을 내쉬기도 하고 무슨 말을 하려다 그만두었다. 부엌 바닥에 누운 레이코가 보인다. 가슴이 천천히 파도를 치는데, 죽은 개처럼 다리를 축 늘어뜨렸다. 때로 움찔하고 몸을 떤다.

요시야마가 우리를 힐끗 보고는 일어서서 바깥으로 나가려 한다. 잠든 레이코를 바라보더니 개수대에서 물을 마시고 문을 열었다.

어이, 요시야마 어디 가, 여기 있어. 내가 불렀지만 소리를 내며 문을 닫아버렸다.

오키나와가 쓰게 웃으며 혀를 찬다.

"이제 저 자식은 방법이 없어, 어쩔 도리가 없다는 걸 자신은 몰라, 저 자식 멍청이니까. 류, 헤로인 맞을래, 이거 아주 순도가 높아, 아직 조금 남았어."

"괜찮아, 오늘은 좀 피곤해."

"그래, 너 플루트 연습해?"

"안 해."

"지금부터 음악할 거라면서."

"아직 정한 건 없어, 아무튼 지금은 아무것도 하고 싶지 않아, 의욕이란 게 하나도 없어."

오키나와가 들고 온 도어스를 듣는다.

"뭐야, 속상한 일이라도 있었어?"

"글쎄, 마음이 안 좋은 것하고는 조금 달라."

"요전에 구로카와를 만났거든, 그 자식 무슨 절망이니 뭐니, 무슨 말인지는 잘 모르겠지만 아무튼 절망하는 모양이야. 알제리에 간대, 게릴라가 되려고. 하긴 나 같은 놈한테 그런 말 하는 걸 보면 진짜로 가지는 않을 거야, 그런 놈 생각하는 거하고 류는 조금 다르지?"

"구로카와 씨? 응, 그 사람하고는 달라, 난 그냥, 지금 텅 비었어, 비었어. 옛날에는 여러 가지가 있었지만 지금은 텅 비었어, 아무것도 할 수 없잖아? 텅 비었으니까, 그래서 지금은 세상을 좀더 지켜보고 싶어. 여러 가지를 살펴보고 싶어."

오키나와가 탄 커피는 너무 짙어서 마실 수가 없었다. 다시 한번 물을 끓여 엷게 했다.

"그럼 인도에 갈 생각이야?"

"엉? 인도가 어떻게 됐다고."

"인도에 가서 여러 가지 보고 올 거잖아."

"왜 인도에 가야 하지, 그렇지 않아, 여기서 충분해. 여기서 보는 거야, 인도 같은 데 갈 필요 없어."

"그럼 LSD로? 이런저런 실험이라도 할 거야? 어떻게 하는 건 지는 잘 모르지만."

"응, 나도 잘 모르겠어, 나도 어떻게 하면 좋을지 잘 모르니까. 다만 인도 같은 데는 안 가, 가고 싶은 곳도 없어. 요즘은 창 너머 혼자서 경치를 봐. 자주 봐, 비라든지 새라든지, 그냥 길을 걸어가 는 사람 같은 거. 가만히 보고 있어도 재미있어, 세상을 보겠다는 건 바로 이런 뜻이야, 요즘 무슨 영문인지 풍경이 너무 신선해 보 여."

"그런 노땅 같은 말은 하지 마, 류, 풍경이 신선해 보인다는 건 노화현상이야."

"전혀 아니올시다야, 내가 하는 말은 그런 게 아니라니까."

"다르기는 뭐, 넌 나보다 많이 젊으니까 그냥 모를 뿐이야, 너 말이야, 플루트 해, 너 플루트 해야 해, 요시야마 같은 멍청이랑 만나는 거 그만둬, 언젠가 내 생일날 불어줬잖아. 레이코 가게에 서, 그때 정말 기뻤어. 그때 뭔지 모르지만 가슴이 뭉클한 게 뭐 라고 말하기 힘든 기분이었어, 정말 편안하고 아늑한 기분 말이 야. 그때 이런 생각을 했지, 넌 정말 행복한 놈이라고, 네가 얼마나 부러웠는지 몰라, 그런 기분을 느끼게 해준 네가 말이야, 나 잘은 모르지만 난 아무것도 되는 게 없으니까. 그 이후로 그런 기분 느낀 적이 없거든. 난 그냥 중독자에 지나지 않지만, 이제 헤로인도 떨어져 너무 너무 맞고 싶어 견딜 수 없을 때 말이야, 그걸 손에 넣기 위해서라면 사람이라도 죽일 수 있다는 생각이 들었을 때, 그런 때 생각한 게 있어. 뭐가 있을 것 같은 느낌이 드는 거야, 아니 나랑 헤로인 사이에, 뭔가가 있어도 되지 않느냐는 느낌이 드는 거야. 정말 몸이 달달 떨리고 미쳐버릴 만큼 헤로인을 맞고 싶긴 하지만 나와 헤로인만으로는 뭔가가 부족하지 않나 하는 느낌이 들었어. 맞아버리면 더는 아무 생각이 없어지지만. 그래서 그 부족한 것 말이야, 잘은 모르겠지만 레이코나 엄마 같은 건 아냐, 그때의 플루트라는 생각이 드는 거야. 그래서 언젠가 너한테 이야기를 할 생각이었어. 류는 어떤 기분으로 부는지 모르겠지만, 그때 내가 정말 기분 좋아했잖아? 그때의 류 같은 것이 늘 그리운 거야. 주사기로 헤로인을 빨아들일 때마다 생각해, 나는 이제 끝났다고, 몸이 썩어버렸으니까. 봐, 머리 피부가 이렇게 푸석푸석해서 이제 곧 죽을 거야. 언제 죽어도 좋아, 아무렇지도 않아, 후회 같은 건 하나도 없어. 다만 그때 플루트 들었을 때

한없이 투명에 가까운 블루

의 그 기분이 뭔지를 꼭 알고 싶어. 그것만은 느껴, 그때 그게 뭐였는지 알고 싶어. 만일 그걸 알게 되면 헤로인 그만둘까, 아마 그만두지 않을 테지. 그래서 이런 말하는 건 아니지만, 너, 플루트 해, 나 헤로인 팔아서 돈 좀 모이면 좋은 플루트 하나 사줄게."

오키나와의 눈이 빨갛게 흐려졌다. 커피를 든 채 이야기하다가 커피를 흘려 팬티가 조금 젖었다.

"아, 고마워. 무라마츠^{Muramatsu}가 좋은데."

"엉? 뭔데 그거?"

"무라마츠, 플루트 메이커야. 무라마츠를 갖고 싶어."

"무라마츠라고 했지, 알았어. 네 생일에 사줄게, 그걸로 나를 위해 불어줘."

잠깐, 류, 가서 좀 말려, 나 이제 저 두 사람하고 만나는 거 싫어, 다리가 너무 아파.

카즈오가 숨을 몰아쉬며 문을 열고 요시야마가 케이를 때린다고 했다.

오키나와는 침대에 누운 채 아무 말도 하지 않는다.

옥상 쪽에서 케이의 비명이 들린다. 사람을 부르는 비명이 아니라 맞는 순간에 참을 수 없어 터뜨리는 무거운 비명이다.

카즈오는 요시야마 몫으로 남겨 둔 냉커피를 홀짝이고 담배를 피우면서 다리에 감은 붕대를 갈기 시작한다. 빨리 안 가면 죽일지도 몰라, 저거 아무래도 정상이 아냐.

그렇게 중얼거리는 카즈오 쪽으로 오키나와가 몸을 기울이며 말한다.

"괜찮아, 괜찮아, 마음껏 하도록 내버려둬, 이제 지겨워, 정말. 그런데 카즈오, 그 다리 어떻게 된 거야?"

"아, 방망이로, 쾅."

"누가?"

"히비야에서 경비원한테, 이제 설명하기도 귀찮고 넌덜머리가 나, 안 갔어야 했는데."

"너 타박상이지? 타박상에는 붕대보다는 파스를 발라야지, 뼈라도 부러진 거야?"

"응, 그런데 그 자식 배트에 못을 박아놨거든. 그래서 소독하지 않으면, 알지? 못에 찔리면 잘 곪으니까."

바람에 흔들리는 빨래 건너편에서 요시야마가 케이의 머리카락을 거머쥐고 배를 걷어찬다. 요시야마의 무릎이 박힐 때마다 케이는 부어오른 얼굴로 신음을 뱉어낸다.

피를 토하고 축 늘어진 케이를 요시야마에게서 떼어낸다. 요시야마의 몸에는 차가운 땀이 흥건하고 어깨살을 잡아보니 철판처럼 딱딱하다.

침대 위에서 케이는 고통스럽게 신음한다. 이를 딱딱 마주치고 시트를 거머쥐고 맞은 곳을 누르기도 하면서. 레이코가 부엌에서 비틀거리며 일어나서 울고 있는 요시야마의 얼굴을 힘껏 쳐버렸다.

카즈오는 얼굴을 찌푸리며 상처를 소독하고 역겨운 냄새를 풍기는 약을 발라준다. 오키나와가 니브롤을 미지근한 물에 녹여 케이에게 건네준다.

이거 좀 위험해, 배를 때리는 놈이 어딨어. 요시야마, 너 케이가 죽기라도 하면 살인이야. 오키나와가 요시야마에게 그렇게 말하자, 나도 같이 죽을 거야, 하고 요시야마가 울먹이는 소리로 대답하자 카즈오가 웃었다. 레이코가 차가운 타월을 얼굴에 대주고 피를 닦아준다. 배를 살펴보니 퍼런 멍이 들었다. 케이는 절대로 병원에는 가지 않겠노라고 고집을 부렸다. 요시야마가 다가와서 눈물을 배에 떨어뜨리며 얼굴을 들여다본다. 케이는 관자놀이 혈관을 파랗게 세우며 누런 물을 계속 토해낸다. 오른쪽 눈꺼풀에서 흰자위까지 새빨갛다. 레이코가 터진 입술을 벌리고 부러진 이에서 흘러나오는 피를 거즈로 막으려 한다.

미안, 미안해 케이, 요시야마는 쉬어터진 목소리로 작게 말한다. 카즈오가 붕대를 다 바꾼 다음, 미안하단 말은 아니지, 지가 해놓고, 그거 좀 심하잖아, 하고 말한다.

"얼굴 씻고 와."

레이코가 요시야마의 어깨를 밀며 부엌을 가리킨다. 그 얼굴 도저히 못 봐주겠어, 빨리 씻고 와.

케이는 배를 누르던 손을 떼고 헤로인 놔줄까, 하고 묻는 오키나와에게 고개를 저으며 신음하듯이 말했다.

"미안해 정말, 다들 기분이 좋은 상태였는데. 그렇지만 이제 끝이야, 끝내려고 그냥 참은 거야."

그렇게 기분이 좋은 것도 아니었으니까 마음에 두지 마, 오키나와가 웃어 보인다.

요시야마가 다시 울기 시작했다.

"케이, 끝이라는 말은 말아줘, 케이, 날 버리지 마, 제발, 용서해줘, 뭐든 할게."

오키나와가 요시야마를 부엌 쪽으로 밀고 간다.

어이, 이제 끝났으니까 얼굴 씻고 와.

요시야마는 고개를 끄덕이고 소매로 얼굴을 닦으면서 부엌으로 가고, 이어서 수돗물 소리가 들렸다.

돌아온 요시야마를 보고 카즈오가 큰소리로 외쳤다. 이 자식 이거 끝났어, 하고 오키나와가 고개를 저었다. 레이코는 그걸 본 순간 비명을 지르고 눈을 감아버렸다. 요시야마의 왼쪽 손목 피부가 쩍 벌어져 카펫 위로 피를 콸콸 쏟아냈다. 카즈오가 일어서서 류, 구급차 불러, 하고 외친다.

요시야마는 찢어진 피부 앞부분을 오른손으로 받치고, 케이, 내 마음 알지? 하고 코맹맹이 소리로 말한다.

내가 구급차를 부르러 가려는데 케이가 팔을 잡아 제지한다. 케이는 레이코의 부축을 받고 일어서서 피를 콸콸 쏟으며 선 요시야마의 눈을 지긋이 바라보았다. 요시야마에게 다가가 살짝 상처를 만졌다. 요시야마는 이제 울음을 그쳤다. 케이는 요시야마의 벌어진 손목을 들어올려 눈높이에 두고 부어오른 입을 비틀며 애써 말을 했다.

"요시야마, 우리 지금 밥 먹으러 갈 거야, 아직 다들 점심 안 먹었거든. 너 죽고 싶으면 혼자서 죽어, 류한테 피해 주지 말고 밖에 나가서 혼자 죽어."

왁스로 닦은 복도를 꽃다발 든 간호사가 지나간다. 간호사는 한쪽에만 양말을 신고 다른 한쪽 발목에는 누렇게 얼룩진 붕대를 감았다. 내 앞에서 지겨운 듯 발을 덜렁거리던 여자가 반짝반짝 셀로판으로 감싼 그 커다란 꽃다발을 보고는 옆에 있는 어머니인 듯한 여자의 어깨를 툭 치더니, 저거 비쌀 거야, 하고 귀속말을 한다.

왼손에 주간지 몇 권을 들고 지팡이를 짚은 남자가 약을 타려고 기다리는 사람들의 줄을 가로지른다. 오른쪽 허벅지에서 아래가 막대기처럼 일자로 뻗었고, 발목이 안쪽으로 뒤틀려 굽었는데 발등에서 발가락까지 하얀 가루가 튀어나왔다. 그 가운데서도 새끼발가락과 약지는 마치 발처럼 생긴 살덩어리에 붙은 혹 같았다.

내 옆에는 딱딱한 붕대로 목을 몇 번이나 감은 노인이 있다.

그 건너편에서 뜨개질을 하는 여자에게 나 말이야, 하고 말을 건다.

나 말이야, 목을 당기는 치료를 해. 턱에 메마른 하얀 털 몇 가닥을 늘어뜨리고 주름인지 뭔지 모를 찢어진 상처 같은 눈으로 열심히 손을 움직이는 여자를 보면서.

그게 얼마나 아픈지 말이야, 죽는 게 나을 것 같아서 말이야, 왜 죽지 않았는지 후회가 될 만큼 아파. 정말 넌더리가 나, 진짜 다른 방법이 없을까, 이건 절대로 노인한테는 맞지 않아.

목에 손을 대면서 공기가 새나가는 듯이 웃는 노인을, 굵은 목에 피부가 시커먼 여자는 뜨개질하는 손을 멈추지 않고 바라본다.

정말 힘들겠어요.

노인은 그 말을 듣고 웃는다, 빨갛고 갈색 얼룩이 있는 얼굴을 매만지면서 헛기침을 한다.

흠, 그럼, 그럼, 노인 주제에 차 같은 걸 운전하는 게 아니었어, 며느리가 다시는 타지 말라고 하면서 빼앗아 가버렸지.

하얀 두건을 쓴 청소원이 바닥에 점점이 떨어진 요시야마의 피를 닦으러 왔다. 대걸레와 양동이를 들고서. 굽은 허리에 얼굴이 둥근 여자는 자신이 걸어온 복도의 구석을 돌아보더니, 아, 카시 씨 카시 씨 난 괜찮아요, 그만둘게요, 하고 큰 소리로 말했다.

대기실에 앉은 사람들이 그 소리에 얼굴을 들었다. 여자는 옛날 유행가를 흥얼거리며 바닥을 닦기 시작했다.

뭐야, 자살했어? 아직 죽지 않았으니까 미수네 뭐, 그렇지만 당신 이런 거 해봐야 소용없어. 손목이라 해도, 인간은 이래서는 안 죽는다니까, 인간의 몸이란 게 그렇게 잘 만들어졌단 거야. 이런 벽 같은 데 착 밀어붙여서 피부를 끌어당겨 팽팽하게 만드는 거야, 혈관이 확 드러나면 면도칼로 싹. 그렇지만 폼이 아니라 진짜로 죽으려면 여기야, 봐, 여기, 귀 아래쪽을 면도칼로 싹. 그냥 가버려, 구급차에 태워 여기까지 날아와도 방법이 없어.

요시야마의 손목을 보고 의사는 그렇게 말했다. 진찰실에서 요시야마는 열심히 눈을 비빈다.

울었다는 것을 이 중년 의사에게 들키고 싶지 않았을 것이다.

목에 붕대를 감은 노인이 청소부에게 말을 건다.

"닦여요?"

"예? 아, 마르기 전에 닦으면 잘 닦이지만요, 이거."

"정말 힘들겠어요."

한없이 투명에 가까운 블루

"예? 뭐가요?"

"그러니까 피를 닦는다는 게 정말 힘들겠다는 거지요."

휠체어에 앉은 어린아이들이 노란 공을 주고받으며 안마당에서 논다. 세 아이는 하나같이 목이 아주 가늘다. 공을 놓치면 간호사가 공을 줍는다. 한 아이를 보니 손목 아래가 없다. 그 아이는 간호사가 던져주는 공을 팔로 받으면서 같이 논다. 배트로 친 공은 반드시 엉뚱한 곳으로 흘러가지만 아이는 이를 드러내며 웃었다.

"아, 피란 놈 정말 귀찮구만요. 하긴 난 전쟁에 나가지 않아서 피 묻은 걸 그리 본 적이 없지만, 이건 정말 무섭네요. 정말 힘들겠어요."

"나도 전쟁 같은 데는 가보지 않았거든요."

청소부는 말라붙은 피에 하얀 가루를 뿌렸다. 바닥에 무릎을 꿇고 손에 든 주걱으로 민다.

공이 물웅덩이로 굴러가 간호사가 수건으로 닦아준다. 손 없는 아이는 안달을 하며 짧은 팔을 흔든다.

"염산 같은 걸 쓰면 잘 닦일 텐데."

"그건 변기에만 써요. 이런 곳에 쓰면 바닥 전체를 망치고 말아요."

멀리 나무가 흔들린다. 간호사는 어린아이 눈앞에 공을 내려놓는다. 아랫배를 내민 많은 임산부들이 줄줄이 버스에서 내려 이쪽으로 걸어온다. 꽃다발을 든 젊은 남자가 계단을 뛰어오르고 뜨개질하는 여자가 그쪽을 바라본다. 청소부는 아까처럼 노래를 흥얼거리고, 노인은 돌아가지 않는 목으로 신문을 높이 치켜들고 읽는다.

요시야마의 피가 하얀 가루에 녹아 핑크빛 거품으로 변해서 바닥에 붙었다.

"류, 정말 미안해, 나, 돈 모아서 인도에 갈 거야, 항만 노가다로 돈 모아서, 이제 골치 아픈 일은 싫어, 인도에 갈 거야."

병원에서 돌아오는 길에 요시야마는 혼잣말을 계속 해댔다. 고무 슬리퍼에 긴 발가락에도 피가 달라붙어 때로 붕대에 닿는다. 얼굴은 아직 파랗게 질린 채였지만 통증은 없다고 했다. 버린 파인애플이 아직도 포플러 옆에 있다. 저녁이라서 새는 보이지 않았다.

카즈오는 방에 없었고, 바로 돌아온 레이코가 말했다.

그 애 요시야마의 용기가 대단하다고 하더라, 바보 같애, 아직 뭘 몰라.

오키나와는 세 번째 헤로인을 맞고 바닥에 굴렀고, 케이의 얼굴은 붓기가 많이 빠졌다. 요시야마는 텔레비전 앞에 앉는다.

고흐의 전기 영화야, 류, 와서 봐.

커피를 달라고 했는데도 레이코는 대답이 없다. 요시야마는 이벤트에 가기로 했다고 케이에게 말하지만 케이는 그러냐고 한 마디만 하고 반응이 없다.

레이코가 일어서서 담배를 물고 꼼짝도 하지 않는 오키나와의 어깨를 흔든다.

"저기, 나머지는 어디 둔 거야?"

"씨파, 이제 없어, 나 맞고 끝이야, 맞고 싶으면 사 와."

그러자 레이코는 오키나와의 발을 힘껏 걸어차버렸다. 담뱃재가 오키나와의 벌거벗은 가슴에 떨어진다. 오키나와는 작게 웃을 뿐 움직이려 하지 않는다. 레이코는 오키나와의 주사기를 베란다 콘크리트 바닥에 내팽개쳐 깨뜨려버린다.

어이, 청소 제대로 해. 내가 그렇게 말하는데 아무 대답도 하지 않고 니브롤 다섯 알을 깨물어 삼켜버린다. 오키나와는 몸을 흔들며 계속 웃어댄다.

"어이, 류, 플루트 안 불어?"

나를 바라보며 그렇게 말한다. 텔레비전에서는 커크 더글라스가 연기하는 반 고흐가 부들부들 떨면서 귀를 자르려 한다.

요시야마 자식 이 사람 흉내 낸 거야, 네가 하는 짓은 모두 흉내뿐이야, 케이가 그렇게 말한다.

"플루트 불 기분 아냐, 오키나와."

고흐가 비명을 지르자 오키나와를 제외하고 모두가 텔레비전으로 눈길을 돌렸다.

피가 밴 붕대를 매만지며 때로 요시야마가 케이에게 말을 건다. 이제 배는 정말로 괜찮아? 내가 그만 꼭지가 돌아버렸어, 인도에 가는 것 말이야, 인도에 가는 건에 대해서는, 케이는 싱가포르까지 오면 된다고, 그러면 마중 나갈 수 있고 거기서 하와이까지도 갈 수 있다고 말했지만, 케이는 일절 대답하지 않았다.

오키나와의 가슴이 천천히 오르내린다.

"나 몸 팔아서 헤로인 살 거야, 잭슨이 가르쳐줬거든. 류, 잭슨의 하우스에 데려가줘. 아무 때나 오라고 했거든, 오키나와한테는 부탁하지 않을래, 잭슨한테 데려다줘."

갑자기 레이코가 큰소리로 외친다. 오키나와가 또 몸을 비틀며 웃는다.

"마음껏 웃어, 뭐가 중독자란 거야, 거지 아냐, 저 더러운 꼴, 그냥 거지잖아. 냄새만 나고 비실비실한 네 물건 빠는 것도 이젠 지겨워, 불능! 나, 가게 팔아버릴래, 류. 그런 다음 여기 올 테니까 차도 사고 헤로인도 사고, 잭슨의 여자가 되지 뭐. 사부로도 좋아. 캠핑카 사서, 안에서 지낼 수 있는 버스 사서 매일 파티하는 거야. 저기, 류, 그런 차 한번 찾아봐줘. 오키나와, 너 흑인 물건이 얼마나 긴지 모를 거야. 헤로인을 맞아도 그냥 길어, 저 안쪽까지 꽉 찔러줘. 흥, 네 건 어떤 줄 알아, 거지, 네 물건에서 얼마나 냄새 나는 줄 알아?"

오키나와가 일어나서 담배에 불을 붙인다. 어디를 보는지 알 수 없는 그런 눈으로 가늘게 연기를 뿜어낸다.

"레이코, 너, 오키나와에 돌아가, 내가 같이 가줄게. 그게 좋아, 다시 미용사 공부하는 거야, 어머니한테는 내가 말해줄게, 너, 이런 데 있으면 망쳐."

"웃기지 마, 오키나와, 입 다물고 잠이나 자, 이번에는 아무리 울고 매달려도 돈 안 빌려줄 테니까, 너야말로 돌아가. 돌아가고 싶은 건 너잖아, 돌아가고 싶어도 차비 없잖아. 이제 헤로인 같은 거 없다고 질질 짜며 이 레이코한테 부탁해 봐. 울면서 부탁해 보라니까, 돈 빌려 달라고, 1000엔이면 된다고 빌어 봐, 1엔도 안 줄 테니까. 너야말로 오키나와에 돌아가야 해."

오키나와는 그냥 누운 채, 네 멋대로 하라고 중얼거리더니, 어이, 류, 플루트 불어 봐, 하고 말한다.

"플루트 불 기분 아니라고 했잖아."

요시야마는 입을 꾹 다물고 텔레비전만 본다. 케이는 다시 통증이 오는지 니브롤을 씹는다. 텔레비전에서 총 소리가 나고 고흐가 목을 꺾자, 아아 끝내 저지르고 말았어, 하고 요시야마가 중얼거린다.

기둥에 모기가 앉았다.

처음에는 얼룩인가 했는데 가만히 보노라니 조금씩 위치를 바꾼다. 회색 날개에 아주 가느다란 솜털이 났다.

모두 돌아간 다음의 방은 더 어두운 느낌을 준다. 빛이 약해진 것이 아니라 광원에서 내가 멀어진 것 같았다.

바닥에 온갖 것들이 떨어졌다. 둥글게 마구 얽힌 머리카락, 아마도 모코의 머리카락이다. 리리가 사 온 케익 포장지, 빵 부스러기, 빨강색 검정색 투명한 손톱, 꽃잎, 더러운 종잇조각, 여자 속옷, 요시야마의 말라붙은 피, 양말, 부러진 담배, 마리화나, 호일 조각, 마요네즈 병.

레코드 재킷, 필름, 별 모양 과자상자, 주사기 케이스, 책, 카즈오가 잊고 간 말라르메 시집. 나는 말라르메 시집 등표지에서 검고 하얀 줄무늬가 있는 모기 배를 손가락으로 눌러 터뜨렸다. 모기는 부풀어 오른 배에서 체액이 터져 나오는 소리하고는 다른 작은 울음소리를 냈다.

"류, 너 좀 피곤해 보여, 눈이 좀 이상해, 돌아가서 자는 게 좋지 않을까?"

모기를 죽인 다음 묘하게 허기를 느끼고 냉장고에 든 차가운 닭튀김을 씹었다. 완전히 썩어서 혀를 찌르는 시큼한 맛이 머릿속까지 퍼져 나갔다. 목 안쪽에 달라붙은 끈적한 덩어리를 손가락으로 꺼내려는 순간, 한기가 온몸을 휘감았다. 한 대 얻어맞은 것 같은 격한 한기였다. 아무리 문질러도 목덜미에서 돋은 소름이 가시지 않고, 몇 번이나 물양치를 해도 입안은 시큼하고 잇몸이 미끌미끌하다. 이 사이에 낀 닭 껍질이 끝도 없이 혀를 얼얼하게 만든다. 토해 낸 닭고기가 침을 잔뜩 바른 채 진득진득한 덩어리가 되어 개수대 물 위에 떴다. 감자껍질이 배수구를 꽉 틀어막아 표면에 기름기가 떠도는 더러운 물이 고였다. 그 끈적끈적하면서 실 같은 걸 길게 늘어뜨린 감자껍질을 손톱으로 집어 끄집어내자 이윽고 물이 줄어들기 시작하더니 닭고기는 원을 그리며 구멍 속으로 빨려들어갔다.

"집에 가서 쉬는 게 좋지 않을까? 그 이상한 애들은 다 갔어?"

리리가 침대를 손질한다. 반투명 네글리제 안에서 엉덩이가 부풀어 올라 보인다. 천장의 빨간 라이트 불빛 아래서 왼쪽 손가락에 낀 반지가 반짝인다. 컷 한 면 한 면에 같은 크기의 불빛이 비친다.

큰 튀김 조각 하나가 구멍에 걸려 내려가지 않는다. 슛, 소리를 내며 네 개의 작은 구멍에 달라붙었다. 내 이빨에 잘리고 침에 절은 끈적끈적한 덩어리에는 닭의 털구멍이 또렷하고, 몇 가닥 플라스틱 같은 털뿌리도 붙었다. 손에는 불쾌한 냄새를 풍기는 기름이 달라붙어 아무리 씻어도 냄새가 지워지지 않았다. 부엌에서 거실로 돌아와 텔레비전 위에 놓인 담배를 집으러 가는 사이에 무슨 말로도 표현하기 힘든 불안이 나를 휘감았다. 피부병 걸린 노파에게 끌어안긴 듯한 느낌이었다.

"그 이상한 애들 다 돌아갔어? 류, 커피 타줄게."

165

리리가 늘 자랑하는 핀란드의 수형자들이 만든 하얗고 둥그런 테이블이 빛을 반사한다. 표면에서 옅은 초록색이 엿보인다. 한 번 눈에 들어오면 눈 속에서 색상을 강화하는 독특한 녹색. 해가 진 뒤 해면에서 흔들리는 오렌지색 곁에 은밀히 그런 유의 녹색을 볼 수 있다.

"커피 마실 거지? 브랜디 넣어줄 테니까 한숨 푹 자. 나도 그날 이후로 몸이 좀 이상해서 가게에 안 나갔어. 차도 수리해야 하고, 너무 많이 긁어놨어. 부딪친 데가 찌그러지지는 않았지만 칠하는 데 너무 돈이 많이 들었어. 그렇지만 다시 한 번 하고 싶어, 류."

소파에서 일어나 리리가 말한다. 그 목소리가 어딘지 모르게 어둡다. 오래된 영화의 장면처럼 멀리 있는 리리가 긴 파이프 너머에서 말을 보내는 것 같다. 지금 여기에는 입만 움직이는 정교한 리리 인형이 있고, 아주 오래전에 녹음된 테이프를 돌리는 듯한 느낌이 들었다.

몸을 휘감았던 그 한기는 내 방에 와서도 사라지지 않았다. 스웨터를 꺼내 입어도, 베란다 문을 닫고 커튼을 쳐도, 땀을 흘려도 한기는 그대로였다.

문을 꼭 닫자 바람 소리가 작아지고 귀울림만 들려왔다. 밖이 보이지 않아 내가 어딘가에 갇힌 느낌이었다.

딱히 바깥세상을 신경 쓰는 것도 아닌데 마치 계속 보고 있기라도 한 듯 길을 가로질러 걸어가는 술 취한 사람이나 달리는 빨간 머리 소녀, 달리는 차에서 던진 빈 깡통, 거무스름하게 가지를 뻗친 포플러, 밤의 병원 건물 그림자와 별이 이상하게도 또렷이 눈에 아른거렸다. 그와 함께 외부 세계와 차단되고 내가 잘려 나가버린 듯한 느낌이 들었다. 방에는 평소와는 다른 공기가 가득 차서 숨 쉬기가 힘들었다. 담배연기가 올라가고 어디선가 버터 타는 냄새가 났다.

그 냄새가 들어오는 구멍을 찾는 사이에 죽은 곤충을 밟아 그 체액이 발가락에 묻었다. 개 울음소리가 들리고 라디오를 켜자 밴 모리슨^{Van Morrison}이 〈도미노^{Domino}〉라는 노래를 부른다.

텔레비전을 켜니 갑자기 미친 듯이 화가 난 빡빡머리 남자가 클로즈업되면서 "당연하잖아요!" 하고 고함을 지르고, 스위치를 ㄲ자 중심으로 빨려드는 듯이 어두워진 화면에 뒤틀린 내 얼굴이 나타났다. 입을 나불거리며 어두운 화면 속 내가 혼잣말을 했다.

"류, 너랑 꼭 닮은 남자가 나오는 소설을 봤어. 정말로 너랑 비

숫해."

리리는 부엌 의자에 앉아 둥그런 유리 안의 물이 끓기를 기다린다. 허공을 가르는 작은 벌레를 손으로 쫓아버린다. 아까까지 리리의 몸이 담겼던 소파에 몸을 묻고 나는 끝도 없이 입술을 핥는다.

"저기, 그 남자, 라스베이거스에 창녀 몇을 두고 있는데, 온갖 부자를 상대로 파티를 열고 여자를 제공하는 거야, 류랑 똑같지 않아? 아주 젊어, 류랑 비슷할 거야. 자기 열아홉이지?"

유리 표면이 뿌옇게 변하고 증기가 오르기 시작한다. 램프 불빛이 흔들리며 창에 비친다. 벽에 그려진 리리의 커다란 그림자가 움직인다. 천장 전구가 만들어내는 작고 짙은 그림자와 알코올램프가 만들어내는 엷고 거대한 그림자가 겹쳐진 부분이 마치 살아 움직이는 생물처럼 복잡하게 꿈틀댄다. 흡사 분열하는 아메바 같다.

"류, 듣고 있니?"

나는, 응, 대답한다. 내 목소리는 뜨겁고 메마른 혀 위에 멈췄다가 전혀 다른 사람 목소리로 변해 터져 나오는 것 같았다. 내가 아닌 다른 누구의 목소리가 아닐까, 불안해서 말하기가 두려웠다. 깃털 장식 모자를 들고 때로 네글리제를 벌려 가슴을 긁으며 리리가 말한다.

"그 남자, 고등학교 친구의 여자를 매춘부로 만들어버려."

마지막까지 남은 오키나와는 냄새나는 작업복을 걸치더니 안녕이란 말도 하지 않고 문을 닫았다.

"그 남자도 매춘부의 사생아야, 여자의 상대가 어느 작은 나라의 황태자였던 거야, 라스베이거스에 살짝 놀러 나왔던 황태자의 씨앗이란 거지."

리리는 대체 무슨 말을 하는 걸까.

시야가 정상이 아니다. 모든 것이 미묘하게 뿌옇다. 리리 옆 조리대에 있는 우유병 표면에 뾰루지가 잔뜩 달라붙은 것 같다. 등을 둥그렇게 만 리리에게도 그런 뾰루지가 보인다. 표면에 달라붙었다기보다는 피부를 파내고 심어놓은 듯한 뾰루지.

간을 망쳐 죽은 친구가 떠오른다. 그 애가 늘 하던 말이 있다. 나 이런 생각을 해, 사실은 늘 아픈 거라고, 아프지 않을 때는 그냥 그걸 잊었을 뿐이야, 아프다는 걸 잊었을 뿐이란 거지, 내 배에 난 종기는 그것 때문은 아냐, 누구든 늘 아파. 그래서 아릿하게 통증이 일어나면 괜히 마음이 놓여, 나를 되찾은 것 같아 괴롭기는 하지만 마음이 놓여, 나는. 태어날 때부터 늘 배가 아팠으니까.

"그 남자가 사막으로 가, 새벽에, 차를 몰고 네바다 사막으로 가는 거야."

거품을 튀기며 끓어오르는 유리 안에 리리가 갈색 캔 속 검은 가루를 스푼으로 떠 넣는다. 향기가 퍼져 나간다. 잭슨과 루디아나가 내 몸에 올라탔을 때, 나는 정말로 내가 노란 인형이라고 생각했다. 그때 나는 어떻게 노란 인형이 될 수 있었을까.

지금 빨간 머리카락을 등 뒤로 늘어뜨리고 허리를 굽힌 리리가 인형으로 보인다. 오래되어 곰팡이 냄새를 풍기는 인형, 끈을 당기면 똑같은 대사를 반복하는 인형, 가슴의 뚜껑을 열면 은색 전지가 몇 개 들었고 말을 할 때 눈에서 빛이 나게 제작된 인형. 푸석푸석한 빨강 머리카락을 한 가닥 한 가닥 심고 입으로 우유를 부어 넣으면 아랫배 구멍으로 끈적끈적한 액체를 흘리고, 바닥에 내동댕이쳐도 내장된 테이프만 망가지지 않으면 계속 말을 하는 인형. 류, 안녕, 나 리리야, 류, 잘 지내? 나 리리야, 안녕, 류, 잘 지내? 나 리리야, 안녕, 류, 잘 지내? 나 리리야, 안녕.

"그 남자, 네바다 사막에서 수소폭탄 기지를 보는 거야. 빌딩 만큼 커다란 수소폭탄이 주욱 늘어섰어, 새벽의 기지에서."

내 방, 그때 나를 휘감았던 한기는 점점 더 심해졌다. 옷을 입고 담요에 파고들어 위스키를 마시고 문을 열기도 하고 닫기도 하면서 잠을 자려 애썼다. 짙은 커피를 마시고 체조도 하고 담배도 몇 개비 피웠다. 책을 읽고 불을 다 끄고 다시 켰다. 눈을 뜨고 찬장의 얼룩을 오래 오래 바라보다가 눈을 감고 숫자를 헤아렸다. 옛날에 본 영화 줄거리를 떠올리고 메일의 빠진 이, 잭슨의 자지, 오키나와의 눈, 모코의 엉덩이와 루디아나의 짧은 음모를 떠올렸다.

꼭 닫은 베란다 문 밖에서 술 취한 몇 사람이 옛날 노래를 큰 소리로 부르며 지나갔다. 저건 사슬에 묶인 죄수의 합창 아니면 중상을 입고 전투 불능 상태에 빠진 일본군 병사가 절벽에서 떨어지기 전에 부르는 군가 같다는 생각이 들었다. 어두운 바다를 앞에 두고, 붕대 감은 머리, 비쩍 마른 몸 여기저기 구멍이 뚫리고, 거기서 고름이 흐르고 구더기가 기어가는데, 완전히 빛을 잃은 눈으로 동쪽을 향해 경례하는 일본군 병사의 슬픈 멜로디처럼 들렸다.

그 노래를 들으면서 텔레비전 화면에 희미하게 비치는 비뚤어

171

진 내 모습을 보자니, 아무리 발버둥쳐도 기어오를 수 없는 깊은 꿈 속으로 잠겨가는 것 같은 느낌이 들었다. 텔레비전 화면에 비치는 나와 나의 눈 뒤편에서 노래하는 일본군 병사가 하나로 겹쳐 보였다. 겹친 영상을 만들어내는 검은 점, 그 밀도 차이로 영상을 표면에 떠올리는 검은 점이 마치 복숭아나무에 빼곡 달라붙은 털 난 벌레처럼 꿈틀꿈틀 머릿속을 기어다녔다. 거칠거칠한 검은 점이 지직지직 소리를 내더니 점점 뭔지 모를 불안한 형태를 띄어가고, 서늘한 소름이 온통 내 몸을 뒤덮어버렸다. 시커먼 화면에 비치는 탁한 눈이 녹아내릴 듯 뒤틀리는데, 나는 그 영상을 향해, 너 도대체 뭐야? 하고 중얼거린다.

넌 도대체 뭘 그렇게 두려워하는 거야.

"미사일, 있잖아, ICBM, 그게 쭉 늘어섰어. 아무것도 없고 넓기만 한 네바다 사막에. 인간이 마치 벌레처럼 보이는 그런 사막에. 그 미사일이 있는 거야, 마치 빌딩처럼 미사일이 있어."

둥근 유리 안에서 물이 끓어오른다. 검은 액체가 튀어 오르고, 리리는 날아가는 벌레를 잡아 죽인다. 손바닥에서 한 줄기 선을 그으며 죽어버린 벌레를 떼내 재떨이에 버린다. 재떨이에서 보라색 연기가 피어오른다. 검은 액체에서 나오는 증기와 섞여 위로 올라간다. 리리의 가느다란 손가락이 담배를 쥐고, 뚜껑을 덮어 램프 불을 끈다. 벽에 매달린 거대한 그림자가 한순간 방 전체로 퍼져 나갔다가 쪼그라든다. 마치 부풀어 오른 풍선이 바늘에 찔린 것처럼 그림자는 사라졌다. 천장에 매달린 전구가 만들어내는 작고 짙은 그림자 속으로 빨려든다.

리리가 컵에 따른 커피를 내밀었다. 안을 들여다보니 흔들리는 표면에 내가 비쳐난다.

"그래서 그 남자가 언덕 위에서 미사일을 향해 외쳐, 온갖 일들이 벌어져서 뭐가 뭔지 모를 지경에 빠진 거야. 지금까지 자신이 해온 일도 앞으로 자신이 어떻게 하면 좋을지도 몰라, 누구에게 물어볼 수도 없고, 넌더리가 나고 너무 외로운 거야. 그래서 미사일을 향해 마음속으로 외쳐, 폭발하라고, 폭발해 달라고."

나는 검은 액체의 표면에도 뾰루지가 있다는 걸 깨닫는다. 초등학생 때 할머니가 암으로 입원했다.

의사가 처방한 진통제에 할머니는 알러지 반응을 보여서 얼굴 모양이 바뀌어버릴 만큼 온몸에 두드러기가 났다. 문병을 간 나에게 그 두드러기를 마구 긁으면서 할머니가 말했다, 류 짱, 할머니는 곧 죽어, 저 세상 꽃이 내 몸에 피어버렸거든, 이제 할머니

173

는 죽어. 할머니 몸에 난 그 두드러기와 똑같은 뭔가가 검은 액체 표면에 떠올랐다. 리리가 권하는 대로 나는 그것을 마신다. 뜨거운 액체가 목 안으로 흘러들 때 나는 내 속에서 한기와 바깥 물체에 붙어 있던 뾰루지가 뒤섞인다는 것을 알았다.

"저기, 어쩐지 류랑 닮은 것 같잖아? 나, 그런 생각했어, 읽자마자 류랑 비슷하다고 생각했더랬어."

리리는 소파에 앉아 말한다. 리리의 발은 묘한 커브를 그리면서 빨간 슬리퍼 안으로 빨려들었다. 언젠가 공원에서 LSD를 했을 때, 지금과 똑같은 느낌을 가졌던 적이 있다. 밤하늘에 뻗은 나무와 나무 사이에 외국의 도시가 보이고 나는 그곳을 걸었다. 그 환상 속 도시는 사람이 걷는 길이 없고 집이란 집은 모두 문을 닫아걸어서 나는 혼자 걸었다. 도시의 가장자리까지 갔을 때 비쩍 마른 남자가 나타나 더 앞으로 가서는 안 된다며 나를 가로막았다. 그 말을 무시하고 그냥 나아가려 하는데 몸이 식기 시작하고 나도 내가 죽은 사람이라고 생각했다. 그렇게 죽은 사람이 되어버린 나는 푸르뎅뎅한 얼굴로 벤치에 앉아, 밤의 스크린에 비치는 환각을 바라보는 내 쪽으로 움직이기 시작했다. 마치 진짜 나와 악수라도 나누고 싶다는 듯이 다가갔다. 그때 나는 공포에 사로

잡혀 뒤로 도망쳤다. 그렇지만 죽은 내가 쫓아와 마침내 나를 잡고 속으로 파고들어 나를 지배했다. 그때의 기분이 지금과 똑같았다. 머리에 뚫린 구멍으로 의식과 기억이 빠져나가고 그 대신에 썩은 닭튀김 같은 한기와 뾰루지가 가득 차는 듯한 그런 느낌. 그러나 그때, 젖은 벤치에 떨며 매달린 채 나를 향해 말했다.

정신 차리고 잘 봐, 아직 세계는 내 아래 있지 않은가. 이 땅바닥 위에 내가 있고, 땅바닥 위에는 나무와 풀과 꿀을 집으로 나르는 벌과 굴러가는 공을 따라가는 여자애와 달려가는 강아지가 있다.

이 땅바닥은 헤아릴 수 없이 많은 집과 강과 바다를 거쳐 모든 장소로 통한다. 그 위에 내가 있다.

두려워하지 마, 세계는 아직 내 아래 있잖아.

"그 소설 읽고 류를 생각했어. 나, 류가 앞으로 어떻게 살까 생각했더랬어, 그 남자에 대해서는 잘 몰라. 아직 다 읽지 않았으니까."

어릴 적 달리다가 넘어져 까진 무르팍이 시리고 아픈데 거기에 냄새 지독한 약을 바르는 것이 좋았다. 쓸려서 피가 밴 상처에는 반드시 흙이나 진흙 아니면 풀물이나 찌부러진 벌레 같은 것이 달라붙었는데 거품을 내며 스며드는 그 소독약의 아릿한 통증이 좋았다. 놀이가 끝나고 저물어가는 해를 바라보며 얼굴을 찌푸리고 상처를 후— 후— 부노라면 저녁 나절의 회색 풍경과 내가 서로 녹아드는 것 같아 마음이 편안했다. 헤로인과 점액으로 여자와 하나로 녹아버리는 것하고는 정반대로 통증을 통해 주위 세계와 또렷한 선을 긋고 통증을 통해 내가 빛나는 것을 느낀다. 그렇게 빛나는 나이기에 저물어가는 아름다운 오렌지색 빛과 함께 화해할 수 있는 거라고 생각했다. 그때 내 방에서 그 기억을 떠올리며, 나는 참을 수 없는 한기를 어떻게든 해보려고 카펫 위에 구르는 죽은 모기를 입 안으로 밀어넣었다. 표면이 딱딱하고, 배에서 터져 나온 녹색 체액은 살짝 굳었다. 황금색 인분이 지문에 묻어 빛나고 검고 작은 눈은 몸에서 떨어지면서 실 같은 걸 늘어뜨렸다. 날개를 찢어 혀끝에 올리자 엷은 솜털이 잇몸을 찔렀다.

"커피 맛있어? 말을 해봐, 류, 왜 그래? 무슨 생각해?"

리리의 몸이 금속으로 만들어진 것 같다. 저 하얀 가죽을 벗기면 번쩍번쩍 빛나는 합금이 나타날지도 모른다.

아아, 아, 맛있어, 리리, 맛있어, 나는 그렇게 대답했다. 왼손이 떨린다. 크게 숨을 들이쉰다. 벽에 여자애의 포스터가 걸렸다. 공터에서 줄넘기를 하다가 유리조각에 발바닥을 벤 여자애 포스터. 이상한 냄새가 흘러나온다. 손에 든 뜨겁고 시커먼 액체 컵을 바닥에 떨어뜨렸다.

뭘 하는 거야 류, 도대체 왜 그래?

하얀 천을 들고 리리가 다가온다. 하얀 컵은 바닥에서 깨지고, 카펫이 김이 나는 액체를 빨아들인다. 발가락 사이에 액체가 따스하게 달라붙는다.

뭐야? 떨잖아? 도대체 왜 그러는 거야. 리리의 몸을 만진다. 거칠거칠하고 딱딱한 게 오래된 빵 같다. 리리의 손이 내 무릎 위에 있다. 발 좀 씻고 와, 아직 온수 나와, 빨리 씻고 와. 리리의 얼굴이 뒤틀렸다. 리리는 몸을 구부려 깨진 컵 조각을 줍는다. 젊은 외국인 여자가 표지에서 웃는 잡지 위에 조각을 올려놓는다. 파편 하나에 고인 액체를 재떨이에 떨어뜨린다. 담배가 소리를 내며 꺼진다. 리리가 뻣뻣하게 선 나를 바라본다. 크림을 발라 빛나는 이마. 처음부터 뭔가 좀 이상하다고 했지. 자기 뭔가 했지, 아무튼 발 씻고 와, 그런 발로 카펫 더럽히면 안 돼. 소파를 짚으며 나는 발걸음을 옮긴다. 관자놀이가 뜨겁고 방이 빙빙 돌면서 기울어지는 듯이 현기증이 난다. 빨리 씻고 와, 뭘 봐? 빨리 씻고 오라니까.

샤워실 타일이 차갑다. 바닥에 뒹구는 호수가 언젠가 사진에서 보았던 전기 의자가 있는 사형실을 떠올리게 한다. 세탁기 위에 더럽혀진 빨간 속옷이 있다. 노란 타일 벽에는 거미가 줄을 쳐놓고 사르르 기어다닌다. 소리 나지 않게 살짝 물을 틀어 발등을 씻는다. 철망이 덮인 하수구 구멍에 종잇조각이 끼었다. 나는 방을 나서 여기로 오는 도중에 불 꺼진 병원 안마당을 지났다. 그때 나는 손에 쥐었던 모기 사체를 화단을 향해 던졌다. 아침 햇살이 저 녹색 체액을 말리고 배고픈 곤충이 아침으로 먹을 것이라 생각하면서.

뭘 해? 류, 돌아가, 도저히 봐줄 수가 없네, 리리가 나를 바라본다. 기둥에 기댄 채 들고 있던 하얀 시트를 샤워실 안으로 던진다. 하얀 천은 검은 액체를 조금 빨아들여 얼룩이 졌다. 나는 태어나서 처음으로 눈을 뜬 아기처럼 리리와 하얗게 빛나는 네글리제를 바라본다. 저 보송보송한 게 뭘까, 그 아래서 빙글빙글 도는 빛나는 구체는 뭘까. 그 아래 두 개의 구멍이 뚫린 융기는 뭘까, 부드러워 보이는 두 겹의 살이 감싼 검은 구멍은 뭘까, 그 속

하얗고 작은 뼈는 뭘까, 미끌미끌한 빨갛고 엷은 살은 무엇일까.

붉은 꽃 문양 소파, 회색 벽, 빨간 머리털이 마구 얽힌 헤어브러시, 핑크빛 카펫, 드라이플라워가 매달렸고 여기저기 얼룩이 진 크림색 천장, 직선으로 뻗은 전구를 감싼 천으로 된 코드, 그 뒤틀린 코드 아래서 흔들리며 번쩍이는 빛의 구체, 구체 안에는 수정 같은 탑이 있다. 탑은 엄청 빠른 속력으로 운동한다, 눈이 불타듯 아파서 감으면 웃고 있는 몇십 명의 얼굴이 보여 숨이 막힌다. 도대체 뭐가 어떻게 된 거야, 왜 그렇게 겁먹었어, 너 미쳤니? 리리 얼굴에 빨간 전구의 잔상이 겹친다. 잔상은 녹아가는 유리처럼 퍼져 나가기도 하고 뒤틀리기도 하다가 부서져 반점이 되어서는 시야의 끝에서 끝으로 흩어져 간다. 리리가 빨간 반점이 달린 얼굴로 다가와 내 볼을 비빈다.

왜 그렇게 떨어? 뭐라고 말 좀 해봐.

어떤 남자 얼굴이 떠오른다. 그 얼굴에도 반점이 있었다. 옛날, 시골에서 숙모 집에 세 들어 살던 미국인 군의관 얼굴. 류, 닭살 좀 봐, 왜 그러니? 무슨 말이든 좀 해봐, 너무 무서워.

군의관은 숙모 심부름으로 방세를 받으러 간 나에게 원숭이처럼 비쩍 말랐고 털이 많은 일본 여자의 사타구니를 보여주었다.

괜찮아, 리리, 괜찮아, 아무 일도 아냐, 그냥 좀 불안해서 그래, 파티가 끝나면 늘 이래.

군의관의 방, 끝에 독을 바른 뉴기니아의 창을 걸어 둔 방에서 짙게 화장한 일본 여자가 다리를 달달 떨면서 내게 사타구니를 보여주었다.

취한 거야? 그렇지?

리리의 눈 깊은 곳에 빨려들어간다, 리리가 나를 삼켜버리는 듯한 느낌에 사로잡힌다. 군의관은 여자의 입을 벌려 보여주고, 일본말로, 이를 녹여버렸어, 하고 웃었다. 리리가 브랜디를 꺼낸다, 자기 절대로 정상이 아냐, 병원에 데려다줄까? 여자는 뻥 뚫린 구멍 같은 입으로 뭐라고 외친다. 리리, 지금 좀 이상해, 필로폰 있으면 좀 놔주지 않을래, 안정되고 싶어.

리리는 브랜디를 억지로 마시게 하려 한다. 나는 글라스 테두리를 꽉 깨물었다, 젖은 글라스를 통해 천장의 불빛이 보인다. 반점 위에 또 반점이 겹치고 현기증이 더 심해지고 토악질이 올라온다. 지금 아무것도 없어, 그러다가 메스칼린 먹은 다음에 전부 놔 버렸으니까, 나도 너무 불안해서 다 놔버렸어.

비쩍 마른 여자 엉덩이 사이에 군의관은 여러가지 물건을 쑤서 넣고 나에게 보여주었다. 여자는 시트에 립스틱 바른 입술을 비비며 신음하며 나를 노려보고, 위스키를 한 손에 들고 웃으며 몸을 흔들어대는 군의관을 향해 기브 미 시가, 하고 큰소리로 외쳤다. 리리가 나를 소파에 앉힌다. 리리, 정말 아무것도 하지 않았어, 그때하고는 달라, 제트기 볼 때하고는 완전 달라.

그때는 말이야, 몸 속에 중유가 가득 들어차버렸지만, 그때도 무서웠지만 지금하고는 달라, 텅 비었어, 아무것도 없어, 머리가 뜨거워 견딜 수 없고, 한기가 들어, 아무리 애를 써도 한기가 가시지 않아. 생각대로 움직일 수도 없고, 이렇게 말을 하는 것도 참 이상해, 마치 꿈 속에서 이야기하는 것 같아.

도저히 감당할 수 없는 무서운 꿈 속에서 이야기하는 것 같아, 무서워. 지금 이렇게 말을 하는 가운데서도 머릿속에서는 전혀 다른 것을 생각해, 두뇌가 좀 부족한 일본 여자하고, 리리가 아니라 다른 여자야. 그 여자와 미국인 군의관 생각이 머릿속을 떠나지 않아. 그렇지만 이게 꿈이 아니라는 것을 잘 알아. 눈을 뜬 상태이고 여기 있다는 것도 알아, 그래서 무서워. 죽을 만큼 무서워, 리리한테 죽고 싶을 만큼. 정말 나를 죽여줬음 좋겠다는 생각이 들어, 여기 서 있는 것 자체가 무서워.

리리가 다시 브랜디 글라스를 이 사이로 밀어 넣는다. 뜨거운 액체가 혀를 자극하고 목으로 미끄러져 들어간다. 귀울림이 머릿속에 꽉 들어차 밖으로 나오지 않는다. 손등 정맥이 회색으로 붏거지고, 회색으로 떨린다. 땀이 목을 타고 흐른다, 리리가 차가운 땀을 닦아준다. 넌 지금 피곤한 거야, 하루만 쉬면 나을 거야.

리리, 나 돌아갈까, 돌아가고 싶어. 어딘지는 모르겠지만 돌아가고 싶어, 아마 난 길을 잃었어. 정말 시원한 곳으로 가고 싶어, 난 옛날에 거기 있었어, 그곳으로 돌아가고 싶어. 리리도 알지? 좋은 냄새가 나는 커다란 나무 아래 같은 장소 말이야, 도대체 여긴 어디야? 여기가 어디?

목 저 안쪽이 불타는 듯 메말랐다. 리리는 고개를 젓더니 남은 브랜디를 자신도 마시고, 이제 안 되겠어, 하고 중얼거린다. 나는 그린 아이스를 떠올렸다. 너, 검은 새 본 적 있어? 넌 검은 새를 볼 수 있어, 그린 아이스는 그렇게 말했다. 이 방 바깥에서 그 창 건너편에서 검고 거대한 새가 날고 있을지도 모른다. 검은 밤 그 자체와도 같은 거대한 새, 늘 보는 빵 부스러기를 쪼아 먹는 새처럼 하늘을 나는 검은 새, 다만 너무 크기 때문에 부리 사이의 구멍이 동굴처럼 창 건너편으로 보일 뿐, 그 전체를 볼 수 없을 거야. 내가 죽인 모기는 나를 전체적으로 보지도 못하고 죽었을 것이다.

녹색 체액을 간직한 부드러운 배를 찌부러뜨린 거대한 뭔가가 나의 일부에 지나지 않는다는 것도 모르고 죽었다. 지금 나는 저 모기와 마찬가지로 검은 새에 짓눌려 찌부러지려 한다. 그런 아이스는 그것을 가르쳐주려고 온 것일 거야, 나에게 가르쳐주려고.

리리, 새가 보여? 지금 바깥에 새가 날아가지? 리리는 알아? 나는 알아, 모기는 나의 전체를 보지 못했어, 나는 알아, 새 말이야, 검고 커다란 새, 리리도 알지?

류, 너 정말 미쳤어, 정신 차려. 몰라? 너 미쳤어.

리리, 속이지 마, 난 알았다니까. 이제는 속지 않아, 나는 알았어, 여기가 어딘지 알아. 새에게 가장 가까운 곳이야, 여기라면 아마도 새가 보일 거야.

나는 알았어, 사실은 아주 오래전에 알았어, 이제야 깨달았어, 새였던 거야. 이걸 깨달으려고 지금까지 살았던 거야.

새야, 리리, 보여?

그만둬! 그만두라니까, 류, 그만둬!

리리, 여기가 어딘지 알아? 나는 어떻게 여기에 왔을까. 새가 날고 있다니까, 봐, 저기 창 너머를 날아가잖아, 나의 도시를 파괴한 새야.

리리는 울면서 내 볼을 쳤다.

류, 넌 미쳤어, 그거 모르겠니?

리리에게는 새가 보이지 않는 것일까, 리리는 창을 연다. 울면서 힘껏 창을 열어젖힌다, 밤거리가 펼쳐진다.

어디 새가 난다는 거야, 잘 봐, 어디에도 새 같은 건 없어.

나는 브랜디 글라스를 바닥에 내동댕이쳤다. 리리가 비명을 질렀다, 글라스가 산산조각 나고 파편이 바닥에서 반짝반짝 빛난다.

리리, 저게 새야, 자세히 봐, 저 도시가 새야, 저건 도시가 아니야, 저 거리에 사람 같은 건 살지 않아, 저건 새야, 몰라? 정말 몰라? 사막에서 미사일에게 폭발하라고 외친 남자는 새를 죽이려 했어. 새를 죽이지 않으면 안 돼, 새를 죽이지 않으면 난 나를 알 수 없게 돼, 새가 방해한단 말이야, 내가 보려 하는 것을 나에게서 숨겨버려. 나는 새를 죽일 거야, 리리, 새를 죽이지 않으면 내가 죽어. 리리, 어디 있어, 같이 새를 죽이자니까, 리리, 아무것도 안 보여 리리, 아무것도 안 보여.

나는 바닥을 구른다. 리리가 바깥으로 달려 나간다, 자동차 소리가 난다.

전구가 빙글빙글 돈다. 새가 날아간다, 창 바깥을 날아간다. 리리는 어디에도 없다. 거대하고 시커먼 새가 이쪽으로 날아온다. 나는 카펫 위에 있던 글라스 파편을 주워들었다. 꽉 쥐고 떨리는 팔에 꽂아넣었다.

하늘은 잔뜩 흐리고 하얗고 부드러운 천처럼 나와 밤의 병원을 감싼다. 바람은 아직도 열기를 품은 볼을 식히려는 듯하고 나뭇잎 스치는 소리가 들린다. 바람은 습기를 띠고 밤의 식물 냄새, 은밀하게 호흡하는 밤의 식물 냄새를 내게로 날라다준다.

현관과 로비에만 비상용 빨간 등을 켜고, 다른 것들은 잠든 환자를 위해 모두 껐다. 가느다란 알루미늄 틀로 갈라진 수많은 창에 새벽을 기다리는 하늘이 비친다.

보라색 선이 굽어지며 달리는 그곳은 구름의 갈라진 틈일 것이다.

때로 지나가는 자동차 헤드라이트가 어린아이 모자 같은 화단을 비춘다. 내가 버린 모기는 거기까지 이르지 못했다. 지면 위에 작은 돌과 찢어진 메마른 풀과 같이 구르고 있다. 집어 들어 보니 온몸을 뒤덮은 솜털에 아침 이슬이 가득 맺혔다. 마치 죽은 곤충이 차가운 땀을 흘리는 것 같다.

리리의 방을 나설 때, 피가 흘러내리는 왼팔만이 살아 숨 쉬는 것 같았다. 피가 잔뜩 묻은 얇은 유리 파편을 호주머니에 넣고 뿌옇게 안개 깔린 거리를 달렸다. 집들은 문과 창을 닫고 움직이는 거라고는 하나도 없고, 나는 거대한 생물에 잡아먹혀 창자 속에서 빙글빙글 돌아가는 동화 속 주인공이라고 생각했다.

몇 번을 굴렀고 그때마다 호주머니 속의 유리 파편이 잘게 부서졌다.

공터를 가로지르다가 풀숲에 넘어졌다. 그때 젖은 풀을 씹었다. 쓴맛이 퍼져 나가고 풀 위에서 쉬던 작은 곤충이 입안으로 들어왔다.

벌레는 까칠까칠하고 가느다란 다리를 버둥거렸다.

손가락을 넣자 등에 문양이 있는 둥그런 벌레가 침에 젖어 나왔다. 젖은 다리를 세워 풀잎 위에 앉혔다. 벌레 다리가 긁은 잇몸을 혀로 더듬는 사이에 풀잎에 맺힌 이슬이 내 몸을 식혀주었다. 풀냄새가 온몸을 휘감는데 몸을 침범한 열기가 천천히 땅바닥으로 빠져나가는 것을 느꼈다.

난 한참이나 도무지 뭔지 모를 것과 함께 있었다고, 풀밭에 앉아 생각했다. 아마 지금도, 이렇게 부드러운 밤의 병원 마당에 있는 지금도, 변함이 없을 것이다. 거대한 검은 새는 지금도 날고, 나는 쓴 풀과 둥근 벌레와 같이 태내에 갇혔다. 작은 돌과 하나가 된 이 모기처럼 몸을 딱딱하게 말려버리지 않는 한 새에게서 도망칠 수 없다.

호주머니에서 엄지손톱만한 크기로 부서진 유리 파편을 꺼내 피를 닦았다. 작은 파편이 매끈한 곡선으로 밝아오기 시작하는 하늘을 비쳤다. 하늘 아래에는 병원이 옆으로 누웠고 저 멀리 가로수와 도시가 있다.

그림자처럼 비치는 도시는 그 능선에서 미묘한 기복을 그린다. 그 기복은 비 내리는 비행장에서 리리를 죽일 뻔했을 때, 벼락과 함께 한순간 눈 깊이 박힌 저 희멀건 기복과 똑같은 것이다. 출렁거리며 뿌옇게 보이는 수평선 같은 여자의 하얀 팔처럼 부드러운 기복. 지금까지 단 한순간도 어김없이 나는 희멀건 기복에 감싸여 있었던 것이다. 가장자리에 피가 묻은 유리 파편은 새벽 공기에 닿아 투명에 가깝다.

한없이 투명에 가까운 블루

한없이 투명에 가까운 블루.

나는 일어서서 내 방으로 걸어가며 이 유리처럼 되리라 생각했다. 그리고 나 스스로 이 하얀 기복을 비쳐내고 싶었다. 나에게 비친 하얀 기복을 다른 사람에게 보여주고 싶었다.

하늘 끝이 밝고 희뿌옇게 변하면서 유리 파편은 금방 흐려져 버렸다. 새 소리가 들려오자 이제 유리 파편에는 아무것도 비치지 않았다.

방 앞 포플러 쪽에 어제 버린 파인애플이 구르고 있다. 갈라진 젖은 틈에서 아직도 그 냄새가 피어난다.

나는 땅바닥에 쭈그리고 앉아 새를 기다렸다.

새가 날아 내리고 따스한 햇살이 여기까지 비치면 길게 뻗은 내 그림자가 회색 새와 파인애플을 감쌀 것이다.

리 리 에 게 보 내 는 편 지 :

후 기 를 대 신 하 여

리리에게 보내는 편지: 후기를 대신하여

이 소설을 책으로 만든다는 말을 들었을 때, 표지 디자인은 내가 맡겠다고 했다. 왜냐하면 나는 이 글을 쓰면서 만일 책으로 나온다면 리리의 얼굴로 표지를 장식하고 싶었기 때문이다.

이 사진을 기억해? 카페 '나이아가라'에서 처음 만났을 때 찍은 거잖아. 그때 우리는 압생트를 몇 잔이나 마실 수 있는지 시합을 했잖아? 내가 세 잔째를 마시다가 가게에 있던 네덜란드 히피에게서 라이카를 빌려 찍은 거야. 리리는 이 사진을 찍은 다음에 아홉 잔을 마시고 쓰러져버렸으니까 기억 못할지도 몰라.

리리, 지금 어디야? 4년 전이었던가, 한번 하우스에 가 보았지만 네가 없더라. 혹시 이 책을 사면 연락해줘.

루이지애나로 돌아간 어거스트에게서 한 번 편지가 왔었어.

택시 운전을 한다고 해. 리리에게 안부 전해 달라고 말이야. 혹시 리리는 그 튀기 화가랑 결혼했을지도 모르겠네. 결혼했어도 괜찮으니까 가능하다면 한 번만 만나고 싶어. 둘이서 다시 한 번 〈케 세라 세라$^{que\ sera\ sera}$〉를 노래하고 싶어.

　이런 소설을 썼으니까 내가 변했을 거라는 생각은 말아줘. 나는 그때하고 하나도 변하지 않았으니까.

류

현실에 대한 완벽한 자기 부인과 '헤테로토피아'

장정일

무라카미 류의 등단작 《한없이 투명에 가까운 블루》는 미군 기지촌에 기식하고 있는 펨프(pimp, 뚜쟁이 혹은 매춘 알선업자)와 지아이걸(GI Girl, 미군 병사를 상대하는 매춘 여성)을 주인공으로 삼고 있다. 장소가 장소이니 만큼 섹스와 마약이 넘치는 것이나, 이들이 재즈나 로큰롤과 같은 미국 문화에 흠뻑 젖어 있는 것이 조금도 이상하지 않다. 도리어 경계해야 할 것은 보통 이런 서사가 되풀이하게 될 '남성 펨프 서사'다.

펨프 서사에서 남성은 자기 나라의 여성을 지켜주지 못하는 무력감으로부터 헤어나지 못한 채 자기혐오에 빠지거나, 위악적이 되어 창녀가 된 어머니 또는 누이 앞에 군림하게 된다. 자기혐오에 빠지건 권위주의적이 되건 남자 주인공의 그런 모습이 강조되면 될수록, 여성의 주체적 자리는 사라지고 남성에 복속되게 된다. 즉, 자국에 주둔 중인 외국군에게 자국의 여성이 팔려나가게 된 것은 자국의 남성이 충분히 강하지 못했던 탓이므로, 어서 강한 남성이 되어 외국군에게 팔려간 나의 어머니와 누이를 찾아와야 한다는 논리가 성립하는 것이다. 이런 논리는 민족주의가 남성주의 담론의 정수라는 것을 새삼 증명해 준다.

식민 지배를 당하거나 패전을 겪은 나라, 또는 여하한 이유로든 타국의 군대를 자국에 주둔시킨 나라의 문학 가운데는 이런 논리를 바탕으로 한 작품이 무수하다. 특히 일제로부터 식민 지배를 당하고 해방과 한국전쟁을 거치면서 미국에게 정치적·군사적 보호를 받아 온 우리나라 독자들에게 이런 서사는 매우 친숙하다. 때문에 어쩌면 우리에게 익숙한 공간이 등장하는《한없이 투명에 가까운 블루》마저 그렇게 읽으려 들지 모른다.

해설

1976년,《한없이 투명에 가까운 블루》로 〈군조〉 신인상과 아쿠타가와상을 동시에 수상하면서 등장한 류는 흔히 일본 전후문학과 완전히 결별한 새로운 문학 패러다임(고도성장 사회의 문학)을 연 것으로 평가된다. 하지만 이 소설이 일상적으로나 극단적으로 묘사하고 있는 고도자본주의 사회에 진입한 일본 젊은이들의 '아메리카 따라하기' 내지 '아메리카 화(化)'의 기원도 알고 보면, 아시아 · 태평양 전쟁에서 패전했던 1945년 일본 전후 풍경으로부터 유래한다. 그때 많은 일본 여성은 지아이걸의 일본식 표현인 '팡팡(미군을 상대하는 창부를 가리키는 말)'이 되어 미군의 품에 안겼고, 일본 남성들은 일시에 거세되었다.

후지메 유키의 《성의 역사학(삼인, 2004)》에 의하면 1945년 8월 18일 일본 정부는 점령군에게 적극적으로 위안부를 제공하기 위해 특수위안시설협회(Recreation Amusement Association, 약칭 RAA)의 결성을 지시하고 최성기에는 7만 명의 여성이 종사했다고 한다. GHQ(연합군최고사령부)는 매춘부로 여겨지는 여성에 대한 강제 검진을 실시했는데, 성병이 만연하여 맹위를 떨쳤기 때문에 1947년 3월 RAA는 폐쇄되었다. 그 때문에 직업을 잃은 방대한 여성들

은 그 대부분이 '팡팡'이라고 불리는 거리의 창부가 되었다고 한
다.(이와부치 히로코, 〈매춘부들의 '규칙'〉, 오카노 유키에 · 와타나베 스미코 · 하세가와
게이 편저, 《매매춘과 일본문학》, 지만지, 2008, 272쪽)

    사건다운 사건이 없는 이 소설에서 나름 클라이맥스 역할을
하고 있는 오스카 집에서의 섹스 파티가 1945년 일본 영년(零年,
Japan Year Zero)에 직접 연결되어 있다는 것을 부인할 사람은 없을
것이다. 이렇게 말하는 것은 섹스 파티에서 성적 주도권을 쥔 사
람이 미군이고 일본인이 그들의 성적 애완물이라는 단순한 이유
에서가 아니다. 이 소설의 주요 인물이자 그 파티의 참석자인 레
이코와 오스카의 집에서 열린 섹스 파티에 단 한 번 등장하는 사
부로가 혼혈이라는 사실이야말로 이 섹스 파티의 유래를 잘 설
명해 주고 있지 않은가? 또한 소설 초입에 류와 리리가 겐과 겐
의 누나를 놓고 벌이는 선문답 같은 언급은 아직도 전후가 끝나
지 않았다는 명확한 내용증명이다. 징용이든 취업이든, 일제 때
바다를 건너온 조선인의 자식인 겐 남매는 청산되지 못한 전후
의 잔상을 드러낸다.
    혼혈아나 조선인 2세의 등장뿐 아니라, 《한없이 투명에 가까

운 블루》는 아주 노골적으로 일본이 망각 속에 봉인하고 싶은 아시아·태평양 전쟁에 대한 기억을 수차례씩 불러내고 있다.

"유치장에서 말이야, 오래 못했잖아? 무서운 꿈을 꿨어, 이젠 기억도 많이 흐려졌지만 큰 형이 나온 거야, 난 넷째라서 그 형 얼굴 몰라. 형은 오로쿠에서 전사했으니까 만난 적도 없고, 형 사진이 없어서 불단에 아버지가 그린 말도 안 되는 그림이 있을 뿐이지만 말이야, 그 형이 꿈에 나온 거야, 참 이상하지? 이상해."(21쪽)

꼭 닫은 베란다 문 밖에서 술 취한 몇 사람이 옛날 노래를 큰소리로 부르며 지나갔다. 저건 사슬에 묶인 죄수의 합창 아니면 중상을 입고 전투 불능 상태에 빠진 일본군 병사가 절벽에서 떨어지기 전에 부르는 군가 같다는 생각이 들었다. 어두운 바다를 앞에 두고, 붕대 감은 머리, 비쩍 마른 몸 여기저기 구멍이 뚫리고, 거기서 고름이 흐르고 구더기가 기어가는데, 완전히 빛을 잃은 눈으로 동쪽을 향해 경례하는 일본군 병사의 슬픈 멜로디처럼 들렸다.(171쪽)

어떤 남자 얼굴이 떠오른다. 그 얼굴에도 반점이 있었다. 옛날, 시골에서 숙모 집에 세 들어 살던 미국인 군의관 얼굴. 류, 닭살 좀 봐, 왜 그러니? 무슨 말이든 좀 해봐, 너무 무서워.

군의관은 숙모 심부름으로 방세를 받으러 간 나에게 원숭이처럼 비쩍 말랐고 털이 많은 일본 여자의 사타구니를 보여주었다. 괜찮아, 리리, 괜찮아, 아무 일도 아냐, 그냥 좀 불안해서 그래, 파티가 끝나면 늘 이래.

군의관의 방, 끝에 독을 바른 뉴기니아의 창을 걸어 둔 방에서 짙게 화장한 일본 여자가 다리를 달달 떨면서 내게 사타구니를 보여주었다.(179~180쪽)

이런 역사적 연속성이 기지촌 일상과 풍경을 중심으로 삼은 이 소설을 남성 중심적 민족주의 텍스트로 읽게 만든다. 하지만 류는 기지촌 자체를 미 제국주의나 군사주의에 의해 일방적으로 억압당하고 있는 희생자의 공간이나, 민족이 시련을 당하는 굴욕의 공간으로 범주화하지는 않는다. 우선 그런 공간이 만들어지기 위해서는, 외국 군인에게 자국의 여자가 농락당하는 것을 보면서 울분이나 자책에 빠져드는 남자 주인공이 필수적이다. 하지만 열 아홉 살 난 플루티스트이자 펨프인 이 소설의 주인공 류는 일체 그런 의식을 갖고 있지 않다.

미군 군속이거나 병사로 보이는 오스카의 집에서 벌어진 난교 파티에서 주인공 류는 벌거벗고 누운 채로 한 명의 흑인 여성과 백인 여성에게 동시에 농락당하면서, 흑인 병사임이 분명한 잭슨에게 구강성교를 해준다. 이때 흑인 병사는 류를 '노란 인형'이라고 부르고, 류는 그것을 수긍한다.

잭슨이 노래를 부르면서 내 얼굴에 걸터앉는다. 헤이 베이비, 손바닥으로 볼을 가볍게 치면서. 잭슨의 항문은 거대하고 벌렁 뒤집어져 마치 딸기 같다. 잭슨의 두꺼운 가슴에서 떨어지는 땀이 얼굴에 떨어지고 그 냄새가 흑인 여자의 엉덩이에서 피어나는 자극을 한층 강화한다. 어이, 류, 너 완전히 인형이야, 우리의 노란 인형, 나사를 멈춰 죽여버릴 수도 있어.(83~84쪽)

숨을 쉴 때마다 나를 잊어간다. 몸에서 온갖 것들이 하나씩 빠져나가고, 내가 인형 같다는 느낌이 든다. 방은 달콤한 공기로 가득 차고 연기가 폐를 마구 긁는다.

내가 인형이라는 감각이 점점 더 강해진다. 놈들 생각대로 움직이면

된다, 나는 최고로 행복한 노예다.(79쪽)

제3자의 위치에서 외국 군인의 노리개가 된 자국의 여성을 감독하고 관찰하는 전통적인 펨프 서사가 보기 좋게 뒤집어지는 지점이 여기다. 흔한 남성 중심적 민족주의는 외국 군인과 그들에게 몸을 파는 자국 여성을 식민자(서양)와 피식민자(동양 혹은 제3세계)라는 이분법적 틀에 고정시켜놓고, 그녀들을 민족의 이름으로 회수(구제)하고자 한다. 그럴 때, 민족의 이름으로 회수된 그 여성들이 외국 군인으로부터는 구제되었을지 모르지만, 외국 남성으로부터 구제된 그녀들이 자국의 남성 가부장제 안에 다시 포섭된다는 것은 미처 계산되지 않는다. 그런데 주인공 류가 미군에게 몸을 파는 남창男娼으로 설정됨으로써 남성 펨프의 특권적 자리는 박탈된다. 적어도 《한없이 투명에 가까운 블루》 안에는 민족이라는 주문을 통해 여성을 호명하고 순치시킬 남성 가부장 권력 자체가 조성되어 있지 않다.

이 작품의 주인공 류는 누구를 호명하고 순치시킬 권력을 가지고 있기는커녕, 되풀이되는 '구토 · 벌레 · 부패'라는 압도적인 이미지에 시달린다. 단언컨대, 독자들은 어느 페이지를 펴더라도

해설

'구토 · 벌레 · 부패'와 연관된 이미지나 문장을 볼 수 있다. 아예 어떤 대목에서는 저 세 가지 이미지가 팔레트에 뒤섞은 물감처럼, 덩어리째 범벅되어 있기도 하다.(아래 인용문의 방점은 필자)

모기를 죽인 다음 묘하게 허기를 느끼고 냉장고에 든 차가운 닭튀김을 씹었다. 완전히 썩어서 혀를 찌르는 시큼한 맛이 머릿속까지 퍼져 나갔다. 목 안쪽에 달라붙은 끈적한 덩어리를 손가락으로 꺼내려는 순간, 한기가 온몸을 휘감았다. 한 대 얻어맞은 것 같은 격한 한기였다. 아무리 문질러도 목덜미에서 돋은 소름이 가시지 않고, 몇 번이나 물양치를 해도 입안은 시큼하고 잇몸이 미끌미끌하다. 이 사이에 낀 닭 껍질이 끝도 없이 혀를 얼얼하게 만든다. 토해 낸 닭고기가침을 잔뜩 바른 채 진득진득한 덩어리가 되어 개수대 물 위에 떴다. 감자껍질이 배수구를 꽉 틀어막아 표면에 기름기가 떠도는 더러운물이 고였다.(164~165쪽)

'구토 · 벌레 · 부패'의 이미지에 수시로 공습을 당하는 노란인형의 자의식이 자국의 여성을 지켜주지 못했다는 남성 중심적 민족주의자의 무력감이나 자기혐오에 시달리는 것처럼 보이지는 않는다. '구토 · 벌레 · 부패'에 대한 압도적이고 생생한 이미지는 모든 것이 썩어버린 세상에서 저 홀로 명징성을 유지하고자 하는 소설 속 주인공 류의 것이기도 하지만, 스물네 살 먹은 작가 무라카미 류의 것이기도 하다. 세상의 모든 젊은이들이 세계에 대한 환멸과 거부 의식으로 무장되어 있듯이, 이 소설을 쓸 즈음의 류 또한 자신이 살고 있는 사회를 온몸으로 부정했던 것이다. 소설 속의 열아홉 살짜리 실존주의자 류와 스물네 살 먹은 실제의 류는 청춘의 감각으로 맺어진 도플갱어^{doppelganger}다.

다시 기지촌 이야기다. 기지촌이라고 하면 우리는 곧바로 강대국과 약소국이 맺고 있는 정치적 · 군사적 힘의 비대칭만을 떠올리게 되고, 그 주변의 여성은 두 나라 사이의 힘의 역학이 기계적으로 반영된 것으로 간주한다. 그 시선은 누누이 말했던 남성 중심적 민족주의 담론에 중산층 엘리트 여성의 편견 섞인 시선이 합해진 일방적인 상상이다. 한 나라의 여성이 기지촌 여성이 되고, 안 되고는 여성이 사회에서 차지하고 있는 젠더^{gender} · 계층 · 인종을 종합적으로 살펴야 한다. 예컨대, 이 작품에 나오는 레이코나 케이를 보자. 그들은 두세 가지 사항 모두에서 일본 사회의 평균치가 아닌 최약자다. 이들을 기지촌으로 내몬 것은 젠더·계층·인종으로 구획된 일본 사회지 일본에 핵우산을 제공하고 있는 미군이 아니다. 그런 뜻에서 젠더·계층·인종으로 위계화된 가부장제 자본주의 안에서 기지촌 여성이 되기를 선택하는 것은 도리어 자기 해방과 저항의 근거가 될 수도 있다.

모두 알고 있듯이, '유토피아^{utopia}'는 그리스어 '아니다^{ou}'와 '장소^{topos}'의 합성어다. 많은 사람들이 유토피아를 염원하지만, 어원 그대로의 유토피아는 실제 장소를 갖지 않는 비현실적이고 초월적인 공간이다. 게다가 플라톤의 이상국가나 토마스 모어의 유토피아는 그 자체로 완벽한 사회를 뜻하기 때문에, 유토피아에서 실제로 작동되는 것은 경찰국가의 원리다. 이런 사회는 조지 오웰의 《동물농장》만큼 억압적이다.

미셸 푸코는 《헤테로토피아$^{Les\ Hétérotopies}$》(문학과지성사, 2014)에서 초월적이고 비일상적인 유토피아가 아닌 "우리가 사는 공간에 신화적이고 실제적인 이의 제기를 수행하는 다른 공간들, 다른 장소들을 대상으로 삼게 될 하나의 과학— 나는 분명히 과학이라고 말한다— 을 꿈꾼다."(14쪽)고 한다. 방금 나온 인용문에서

'과학'은 그렇게 어려운 말이 아니다. 마르크스·엥겔스가 자신들의 공산주의를 공상적 공산주의와 구별되는 '과학적 공산주의'라고 명명했던 것과 같은 용법을 떠올리면 된다.

'다른^{heteros}'과 '장소'의 합성어인 '헤테로토피아'는 임재하지 않는 유토피아와 달리, 우리들이 살고 있는 일상의 공간과 시간 속에 접혀 들어와 있다. 일상적인 공간 속에 거처를 차지하는 헤테로토피아는 자기 이외의 모든 장소들에 맞서서, 그것들을 지우고, 중화시키고, 정화시키는 일종의 반^{反} 공간이다. 이 공간은 정원 깊숙한 곳이기도 하고, 다락방이기도 하며, 아파트 거실에 세워진 캠핑용 텐트이기도 하다. 푸코에 따르면 또한 그것은 오래된 도시 안의 묘지이며, 매춘굴이고, 감옥이다.

나열된 것처럼 헤테로토피아는 지도상에 표시될 수 없는 유토피아와 달리 지도에 표시될 수 있지만, 그렇다고 해서 묘지나 감옥처럼 붙박이로 고정되어 있지는 않다. 푸코에게 장소 없는(밖의) 장소이자, 떠다니는 공간이면서, 이 항구에서 저 항구로 전전하는 배는 가장 전형적인 헤테로토피아다. "배 없는 문명에서는 꿈이 고갈되고, 정탐질이 모험을 대신하며, 경찰이 해적을 대체"(58쪽)하고 만다. 이런 헤테로토피아에 류가 소설의 무대로 삼았던 훗사^{編生}의 미군 기지촌도 당연히 포함되어야 한다. 주둔군의 이동에 따라 움직이는 기지촌은 그야말로 유동하는 배를 닮았다. 기지촌은 이방의 문화를 실어 나르는 연락선이자, 현지의 조난자 (낙오자·주변인)를 싣는 구명선이다.

화자인 류를 비롯한 이 소설의 등장인물 모두는 사회 부적응자들이면서, 동시에 헤테로토피아의 건설자들이다. 이 소설의 주요 무대인 레이코의 바, 섹스 파티가 벌어진 오스카의 집, 로큰롤 공연이 벌어진 히비야 야외음악당은 기존의 사회 관습·권력·도덕이 통용되지 않는 그들만의 해방구다. 이들은 그곳에서 비로소 주인이 된다. 누구도 이들에게 그들이 속한 헤테로토피아의 당당한 주인 역할을 내버리고 주류 사회에 안착하라고 말할 수 없다. 거기 돌아가 봤자, 노예 가운데 최하층 노예가 되는 길밖에 없다는 것은 불을 보듯 뻔하다. 그들은 주류 사회의 일원이 되기보다 오히려 강고한 주류 사회에 구멍(헤테로토피아)을 뚫고자 한다.

류 일당이 히비야 야외음악당의 로큰롤 연주회에 참석했다가 집으로 돌아오는 전차 속에서 벌였던 소동이 그런 예다. 니브롤에 취한 이들은 자신들이 탄 전차 칸에 구토를 하고, 여자 승객을 함부로 껴안고, 아무에게나 욕설을 한다. 하지만 1968년 10월 21

일, 1500명의 학생이 신주쿠역 구내로 돌진하여 투석과 방화를 했던 이른바 '신주쿠 소란사건'을 연상시키는 이들의 전차 기습 사건(?)은 보기 좋게 실패했다. 류 일당이 소란을 피우자 잽싸게 다른 칸으로 옮겨간 승객들은 유리창을 통해 "우리 너머로 동물을 구경하는 듯한 눈길"(128쪽)로 그들을 쳐다본다. 주류의 강고한 시선이 류 일당을 동물원을 탈출한 동물로 만들어버린 것이다.

전차 기습 작전은 효과 없는 일탈로 끝났지만, 이 소설에는 헤테로토피아가 정상을 가장한 일상 공간에 실제적인 이의를 수행하고 아울러 자기 이외의 장소와 연대할 수 있는 희미한 가능성을 보여 주는 예도 없지 않다. 하나는 섹스 파티가 있기 직전에 오스카의 집을 방문한 정체불명의 흑인 '그린 아이스'다. 그는 일본에 오기 전에 미국에서 고등학교 선생을 했다고 알려져 있으나, 지금은 기지촌 주변에서 수상쩍은 일을 하고 있다. 그는 왜 안정되고 존경받는 직업을 내팽개치고 먼 이국 나라의 기지촌 주변을 배회하게 되었을까? 아마도 그는 바로 이곳에서 자기 해방의 계기를 찾았던 것이다.

다른 예는 류 일행이 공동으로 기숙하는 아파트에 세 명의 경찰관이 불시에 수색을 하러 왔던 대목에 나온다. 어느 날 아침,

영장도 없이 들이닥친 경찰관들은 마약을 찾는답시고 건성으로 방을 둘러본다. 그 가운데 가장 늙은 경찰관이 류 일행 전체를 겨냥해, 케이에게 질시 섞인 모욕을 준다. "우리 다 알아, 아무렇지도 않게 상대를 바꿔가며 한다는 거. 어이, 너, 아비하고도 붙어먹는 거 아냐? 너 말이야."(111쪽) 푸코의 표현을 따라하자면, '배(헤테로토피아) 없는 문명'을 지키는 문자 그대로의 늙은 경찰관은, 혼숙이 벌어지는 류 일행의 일탈 공간과 라이프스타일이 부러웠던 것이다.

그날 아침, 거의 벌거숭이나 다름없는 상태로 자고 있던 류 일행은 아무런 혐의도 없이 옷을 주워 입고 경찰서까지 가서 애꿎은 경위서經緯書를 쓰고 나온다. 이들은 경찰서를 나와서 앞서 언급된 히비야 야외음악당으로 향하게 되는데 아래의 대화는 그때 나온 것이다.

카즈오가 레이코에게 묻는다. 니브롤을 아작아작 썹으면서.

"어이, 그 젊은 놈하고 무슨 이야기했어? 복도 쪽에서."

"그 짭새, 지가 레드 제플린Led Zeppelin 팬이라고 말을 거는 거야. 디자인 학교 나왔다고 하면서, 괜찮은 놈이었어."(114쪽)

경찰은 유토피아의 감시자다. 그런데 이 유토피아의 감시자가 레드 제플린이라는 록 밴드를 고리로 혼숙과 혼음으로 얼룩진 헤테로토피아 주민과 밀통을 하고자 한다. 이 대목은 아주 사소하지만 헤테로토피아가 일상적인 공간에 이의를 제기하는 공간이자, 닫힌 공간의 주민에게 열려 있는 매력적인 해방구라는 것을 보여준다.(헤티로토피아는 미성년자 매춘이나 인신매매가 허용되는 공간이 아니란 사실을, 노파심으로 덧붙여 둔다.)

이런 증거에도 불구하고, 《한없이 투명에 가까운 블루》의 주인공들이 하나같이 이 장소를 떠나려고 하는 것은 아이러니다. 케이는 아버지가 있는 하와이로, 아무 것도 되는 게 없는 요시야마는 인도로, 작중에서 단 한번 이름이 언급되는 구로카와는 게릴라가 되기 위해 알제리로! 또 이 소설의 에필로그를 보면, 전직 모델이자 주인공인 류의 애인이면서 직업적인 포주(?)였던 리리는 아마도 미국에 있는 모양이다. 이런 집단적인 이민 사태 역시, 이 소설이 부정성 강한 청춘의 감각 아래 집필되었다는 것을 암시해준다.

하지만 이런 사태에는, 청춘의 감각이 빚은 치기로 온전히 설

명되지 않는 우려할 만한 무엇이 있다. 그것을 논하려면 먼저, 무라카미 하루키가 2013년에 내놓은 최신작《색채가 없는 다자키 쓰쿠루와 그가 순례를 떠난 해》(민음사, 2013)에 나오는 두 구절을 읽어야 한다.

아마도 나한테는 나라는 게 없기 때문에. 이렇다 할 개성도 없고 선명한 색채도 없어. 내가 내밀 수 있는 건 아무 것도 없어. 그게 오래전부터 내가 품어 온 문제였어. 난 언제나 나 자신을 텅 빈 그릇같이 느껴왔어. 뭔가를 넣을 용기로서는 어느 정도 꼴을 갖추었을지 모르지만 그 안에는 내용이라 할 만한 게 별로 없거든.(380쪽)

무거워 보이는 배낭을 진 외국인 젊은이 둘이 보였다. 첼로 케이스를 끌어안은 젊은 여자도 있었다. 옆모습이 아름다운 여자였다. 밤의 특급 열차를 타고 어딘가 먼 곳으로 향하는 사람들. 쓰쿠루는 그들이 조금은 부러웠다. 그들에게는 일단 가야할 장소가 있다. 다자키 쓰쿠루에게는 가야 할 장소가 없다.(418쪽)

그리고 나서 저 두 구절 위에, 발표된 지 어언 40여 년 째가 다 되어가는 무라카미 류의 첫 소설, 《한없이 투명에 가까운 블루》에 나오는 간명한 두 구절을 겹쳐보자.

나는 정말로 내가 노란 인형이라고 생각했다.(170쪽)

도대체 여기가 어딘가 하고 생각한다.(61쪽)

《한없이 투명에 가까운 블루》와 《색채가 없는 다자키 쓰쿠루와 그가 순례를 떠난 해》는 비슷한 시기에 작품 활동을 하기 시작한 무라카미 양씨兩氏의 등단작과 최근작이라는 차이 외에도, 두 작품 사이에 약 40여 년이라는 적지 않은 세월이 가로놓여 있다. 뿐만 아니라, 두 사람의 개성과 스타일도 확연히 다르다. 그런데도 무라카미 양씨는 똑같이 '나한테는 나라는 게 없다, 나는 인형이다', '내가 있는 곳이 어딘지도, 그리고 가야할 곳도 없다'고 말한다. 40여 년 전의 무라카미가 40여 년 후의 무라카미와 같다면(이건 류와 하루키의 이름이 같다는 데서 착안한 말장난이기도 하고, 그 이상이기도 하다!), 이런 사태는 결코 청춘의 어느 시기에만 예민하게 느끼다

가 나이가 들면서 슬그머니 사라지고 마는 세계와의 불화 의식
이나 낭만주의 의례라고 할 수 없다.

이 사항을 이해하기 위해서는 무라카미 양씨가 보여주는 정체
성 상실과 장소 상실을 아직 채 청산되지 않은 일본의 과거사와
연관지어볼 필요가 있다. 1885년 3월 16일,《시사신보^{時事新報}》에
발표된 후쿠자와 유키치^{福澤諭吉}의 〈탈아론^{脫亞論}〉이 큰 반향을 일으
키면서 일본은 '아시아를 벗어나 서구 근대화를 지향한다'는 '탈
아입구^{脫亞入歐}'를 자신들이 나아갈 길로 정했다. 그 결과 아시아에
서 가장 먼저 서구 근대화를 이룩한 일본이 자신보다 낙후한 동
양에 서양식 식민주의를 강제하려고 했던 것이 아시아 · 태평양
전쟁이다.

이 전쟁에서 패한 일본은 미군의 점령과 통치를 받아야 했는
데, 아시아 · 태평양 전쟁이 끝나자마자 시작된 냉전은 일본으로
하여금 전후 청산을 하지 않아도 되는 행운을 안겨 주었다. 미국
이 일본을 공산주의를 막는 태평양의 방어선으로 삼으면서 일본
의 전쟁 책임과 전후 청산은 유야무야됐고, 일본은 전전^{戰前}과 비
교할 수 없을 정도로 미국과 밀착됐다. 이런 상황이 일본에게 교
시하는 바는, 전전의 탈아입구 정책을 조금도 바꿀 필요가 없다

는 거였다. 이런 상황 아래 일본은 자신의 정체성을 잃을 정도로 미국화 되어갔을 뿐 아니라, 전후 청산을 흐지부지했던 결과 일본인은 동양의 '방황하는 네덜란드인'이 되어갔다. 무라카미 양 씨의 소설에서 일본인의 정체성 상실과 장소 상실이 거듭 표상되어 온 까닭은 이 때문이다.

류와 하루키가 의식하든 의식하지 않든, 일본의 탈아입구는 지금도 계속되고 있다.《한없이 투명에 가까운 블루》에 나오는 주인공들의 집단적인 이민 욕망은 개인의 선택이 모인 것이자, 그것 자체로 전후 청산을 회피해 온 일본의 증상이다. 나는 여기서 그치지 않고, 류와 하루키의 주인공들이 보여주는 두 가지 증상('나한테는 나라는 게 없다, 나는 인형이다', '내가 있는 곳이 어딘지도, 그리고 가야할 곳도 없다')이 천황제 이데올로기와 직면하지 않으려는 자기 부인 기제라고 말하고 싶다.

일본 전후문학에 마침표를 찍고 고도자본주의 사회에 부응하는 새로운 패러다임의 문학을 선보였다는 두 명의 무라카미 역시 청산되지 못한 전후를 끌어안고 있었던 전후문학의 연장선에 있다. 사정이 이러하다면 전후나 전후문학은 청산되어야 할 것이 아니라, 일본 작가들이 더욱 적극적으로 돌아가서 캐내야 할 무

엇이 아닐까? 1945년을 가리켜 '일본 영년'이라는 어색한 표현도

써보았지만, 실제로 일본은 영년을 맞이한 적이 없다.